わが家は祇園（まち）の拝み屋さん15

それぞれの未来と変わらぬ想い

望月麻衣

角川文庫
23054

目次

プロローグ

その日は、空の高さを感じる心地好い秋晴れだった。

和雑貨店『さくら庵』の前には、ピカピカに磨かれたレモン色の車が停まっている。

これは、賀茂家の兄弟、和人と澪人が共同で使用している軽自動車だ。澪人はトランクを開けて、大きめのスーツケースをひとつ中に詰め込んだ。

その様子を隣で見ていた櫻井小春は、もしかして、と顔を向ける。

「澪人さんの荷物って、それだけなんですか？」

澪人は、そやねん、とはにかんだ。

「そもそも、櫻井家には着替えくらいしか持って来てへんかったし」

小春が相槌をうっていると、宗次朗が店の中から出てきて、腕を組む。

「それにしたって生活を続けていたら荷物も増えるだろうに、スーツケースひとつで済むってなかなかすごいな」

「僕は物が多いのは苦手やさかい」

「悪かったな。いくつもダンベル集めてて」

「別に宗次朗さんのこと言うてまへん。あっ、宗次朗さんにもろたダンベルはちゃんと持ってます。上賀茂の家に移っても使わせてもらいますし」

「おう、うんと鍛えてムキムキになれよ」

ニッと笑う宗次朗に、澪人は「がんばります」と小さく笑う。

ムキムキって、と小春は肩をすくめた。

「宗次朗さんはともかく、筋骨隆々の澪人さんってちょっと似合わないような……」

「ほんなら、ほどほどにします」

「あ、おい。女の好みひとつでムキムキを諦めるなよ。言っても小春の初恋は俺なんだ。結婚したいと思ってたくらいなんだ。小春も本当は筋肉好きなんだろ？」

前のめりになる宗次朗を前に、澪人は肩をすくめ、小春は頬を赤らめた。

「もう、その話はやめて！」

だから黒歴史って言ったのに、と小春はぶすっとして口を尖らせる。

「分かった分かった、もう言わねぇよ」

店先でわいわい騒いでいると、杏奈が暖簾の隙間から顔を出した。

「あっ、澪人、もう出発するの？　行く前にちゃんと吉乃さんにご挨拶するのよ」

分かってますし、と澪人はうなずいて店内に入る。

吉乃は、いつものように木製カウンターの前に座っていた。

「吉乃さん」

「澪人ちゃん、もう行くん？」

「ええ」

「なんや、急にバタバタやね。ちゃんと送別会もできひんし」

「送別会て。この前それっぽいことしたやないですか。それにすぐまた遊びに来ますさかい」

「そやな。待ってるし」

「短い間でしたけど、お世話になりました」

「そら、こっちの台詞や。家を護ってくれておおきに」

「こちらこそ、おおきにありがとうございました」

澪人は頭を下げて、店の外に目を向けた。

暖簾の向こうから、小春、宗次朗、杏奈の会話が聞こえてくる。

「小春は、澪人と一緒に上賀茂の家へ行くんだよな？」

「うん、だから、夕飯はいらないから」

「小春ちゃん、もしかして泊まってくるの？」

「それは駄目だぞ。ちゃんと節度を持った交際をしないとお父さんは許さんからな」

「お父さんって……今夜は愛衣や朔也くんも来て、引っ越し祝いをするの」

そんな愉しげなやり取りが耳に届き、澪人の頬が緩む。

「小春ちゃん、待たせてしもて」

店の外に出ると、澪人さん、と小春は顔を明るくさせて振り返った。

「ほな行こか」

と、澪人は助手席のドアを開ける。

小春は、ありがとうございます、と気恥ずかしそうに助手席に乗り込んだ。

「はー、澪たんってそういうことするタイプなんだな」

「でも、軽自動車でそれをやってもなんだか締まらなくない？」

「いやいや、杏奈。こういうのは車種じゃなく、紳士としての気持ちが大事ってやつだよ。なっ、ジェントルマン？」

茶化す宗次朗と杏奈に、澪人は冷ややかに一瞥をくれて運転席に乗り込む。だが、シートベルトを締めたところで、窓を開けて微笑んだ。

「ほんなら、行きます。ちゃんと夜には小春ちゃん送り届けますし」

「おう。あっ、ちょっと待てよ」

宗次朗はそう言って店内に入り、ややあってから紙袋を手に出てきた。

「これ、みんなで食べろよ。食べるまでは冷蔵庫な」

「おおきに、いただきます。色々とお世話になりました」

「いや、俺はお世話してない」

「そやったね。吉乃さんのこと、お頼申します」

「いや、おまえに頼まれる筋合いはない」

「そないなことあらへん。吉乃さんはみんなの大切なお人やさかい」

澪人はにこりと目を細めて会釈し、車を発進させる。

宗次朗と杏奈が手を振って見送る中、やがて澪人と小春を乗せた車は、祇園の町を後にした。

第一章　紅姫竜胆の想い。

一

これは、澪人が櫻井家を出る少し前のこと——。

伏見稲荷(ふしみいなり)参道商店街にある和菓子店『さくら庵』の朝は早い。

五時半に起床し、まずはボイラーを点火する。身支度はその後だ。

宗次朗は洗面所で顔を洗い、シャコシャコと歯を磨きながら、小さく息をついた。

「また夢に出てきたな……」

「夢って?」

杏奈がひょっこりと顔を出す。

宗次朗は小さく笑いながら、鏡越しに杏奈を見た。

「もう起きたんだ？　昨日も遅かったんだから、もっと寝てろよ」

女優である杏奈は今、映画の撮影に入っている。

現場は京都市内の太秦にあるスタジオだ。そのため家から通っているのだが、連日帰りは遅かった。

「だって、今は一緒に過ごせる時間が短いから、少しでも宗ちゃんの顔見てたくて。朝から宗ちゃん、カッコイイから大変」

杏奈はえへへと笑う。宗次朗は口をゆすぎ、首に掛けてあるタオルで口を拭いながら、杏奈を見下ろした。

杏奈は、輪郭のハッキリした大きな目、整った鼻と口、艶やかなストレートの黒髪、陶磁器のように白い肌と、周囲の目を惹く美貌の持ち主だ。一見『女王様っぽい』『クールビューティ』等と囁かれもするが、その内面はあっけらかんと明るい気さくなタイプ。そんな彼女は、本来の自分の姿を表には出せない、人見知りの内弁慶だ。

かつては謙遜と自己否定をはき違えて、自分の心を押し殺すようなことを続けていたが、宗次朗と付き合っていくうちに随分と改善されていた。

宗次朗としっかり視線が合い、杏奈は頬を赤らめる。

「宗ちゃん、ジッと見てどうかしたの？」

「やっぱ、澪人とよく似てるなと思って」

姉弟だなぁ、と洩らす宗次朗に、杏奈は不本意そうに口を尖らせた。

「なんだ。見惚れてくれていたんじゃなくて、澪人の姿を重ねてたんだ」

すると宗次朗は、杏奈の鼻を軽くつまんだ。

「嘘だよ。うちの奥さんはやっぱ可愛いなと思って見てた」

はうっ、と杏奈は呻いて、その場にしゃがみ込む。

「宗ちゃん、それ破壊力すごい」

「なんて、まだ『奥さん』ではないんだけどな」

共に生活をしているが、杏奈の仕事の兼ね合いでまだ婚姻届は提出していなかった。

「気分はもう奥さんだから大丈夫」

「それより朝食は？」

あ、うん、と杏奈は立ち上がる。

「今朝はシリアルを食べようと思ってた。あと、宗ちゃんが淹れてくれたコーヒーも飲みたい」

了解、と宗次朗は片手を上げ、ダイニングへ向かう。

ダイニングには、黒塗りのテーブルがあり、椅子は六脚もある。これは来客を想定しての数だ。

宗次朗は湯を沸かして、丁寧にコーヒーをドリップしていく。

宗次朗は、和菓子作りを始めた頃から、朝食を摂(と)らないようになった。口にするのは水とコーヒーだけ。空腹の方が神経が研ぎ澄まされて、良いお菓子を作れると感じているためだ。

コーヒーが入ったマグカップとシリアルがテーブルに並ぶ頃、顔を洗い終えた杏奈がダイニングに顔を出した。

「わっ、シリアルの用意まで。宗ちゃん、ありがとう」

杏奈は椅子に腰を下ろし、いただきます、と両手を合わせる。

「まだ何もかけてないけどな。牛乳か豆乳、どっちだ？」

「今朝は豆乳で」

宗次朗は大きな冷蔵庫の中から豆乳を出して、テーブルの上に置き、自分も椅子に腰を下ろした。

杏奈はシリアルに豆乳を注ぎながら訊(たず)ねる。

「それで、夢って？」

コーヒーを飲んでいた宗次朗は、すっかり忘れていた、と苦笑した。

「最近、死んだ親父が夢に出てくるんだ」

「茂(しげる)さんが？」

杏奈も宗次朗の父・茂とは面識がある。

「茂さん、どんな様子なの？」

うーん、と宗次朗は腕を組む。

「様子は普通なんだ。実家の縁側に座ってお茶を飲んでる。時々振り返って俺の方を見て、こう言うんだよ。『良い店を作ったな。おめでとう』って」

わぁ、と杏奈は目を輝かせた。

「宗ちゃんが店を持って茂さん、喜んでるんだね」

いやぁ、と宗次朗は首を捻る。

「それがちょっと変なんだ。その後にこう言うんだよ。『祇園にいてほしい』って」

矛盾してるね、と杏奈は顔をしかめた。

「茂さんとしては、祇園の『さくら庵』を継いでほしかったとか？」

「どうなんだろうな。で、俺も問いかけるんだけど、親父は笑ってばかりで何を言いたいのか分からない。それがちょっと気持ち悪い」

宗次朗は頬杖をついて、ふぅ、と息をついた。

「実は私ね、宗ちゃんのお嫁さんになるのを妄想していた時は、祇園の櫻井家で生活しているのを思い浮かべていたんだ。この伏見のお店で生活できているのは、すごく幸せだけど、祇園で生活するのもいいなぁって思ってたんだよ」

そう言う杏奈に、宗次朗は、ふっと笑う。

「サンキュー、そんな風に思ってもらえてるのはありがたいけど、それは俺が嫌だったんだ」

「どうして?」

「親に与えられたものしかない気がして。だから、この店を持ててすげぇ嬉しかった。ようやく自分の足で立てた気になったたっていうか」

そうだったんだぁ、と杏奈は相槌をうつ。

ふと見ると時計の針は、六時半を過ぎている。宗次朗はコーヒーをグイッと飲んで立ち上がった。

「それじゃあ、そろそろ作業に入るな」

「うん、がんばって。私は十時に家を出るから」

おう、と宗次朗は杏奈の頭を軽く撫でる。

杏奈は真っ赤になって、テーブルに突っ伏した。

「だから宗ちゃん、それって反則……」

「あ、この後、指先から肘までしっかり消毒するから大丈夫だぞ」

「反則っていうのはそういう意味じゃないから!」

ムキになる杏奈に、分かってる、と宗次朗は笑って、ダイニングを後にした。

二

祇園の『さくら庵』の厨房は狭かった。元々普通の台所だったのをリフォームし、保健所の許可を得て、厨房仕様にしていたためだ。広さが足りず、不便に感じることもあったのだが、この伏見の店は違っていた。

広い厨房、大きなボイラーと、十分な設備が整っている。

思う存分、和菓子作りに精を出せる環境だ。

「宗次朗さん、おはようございます」

七時になると、スタッフである松原が店にやって来る。

「おはようは、松原さんだよ。店に来るのは八時でいいって言ってるのに」

「宗次朗さんが、七時には本格的に作業に入っているわけですから、来ないわけにはいきません。むしろ来たいんですよ」

松原はそう言って笑い、白衣を纏って、マスクをつけ、手指から肘にかけて消毒する。その上からビニールの手袋をはめて作業を始めた。

松原は呑み込みが早く、手先がとても器用であり、最近は繊細な上生菓子を見事に作るようになっていた。今も『はさみ菊』という菊を模った練りきりをアッという間に仕上げている。

その様子を見て、宗次朗は感嘆の息を洩らした。

「松原さん、みるみる上達して……すごいな」

松原は、手を動かしながら、照れたように目尻を下げる。

「ええ、まぁ、元々、こういうのは得意で」

「松原さん、調理師だったんですよね？」

宗次朗が松原をスカウトしたのは、自分の和菓子に心酔してくれているという理由の他に、彼が調理師の免許を持っているという話を聞いたためだった。

そうなんです、と松原はうなずく。

「実家が料理旅館なんですよ。それで、飾り切りのような細かい作業はさんざんやらされてきまして。賀茂家に仕えるようになってからも調理を担当していましたし」

初耳だった宗次朗は、へえ、と洩らす。松原は驚いたように顔を上げた。

「宗次朗さんは私の経歴を知った上で、店のスタッフにと声を掛けてくれたんじゃなかったんですか？」

「いや、松原さんに声を掛けたのは人づてに調理師の免許を持っているって聞いたのと、何より俺の和菓子を気に入ってくれているから、この人がいいなって、本当になんとなくだったんだ……。そうか、元々料理旅館で修業していたんだ。知らずにそういう人をスカウトしていたなんて、さすが俺だな」

最後は独り言のように言って自画自賛している宗次朗の姿に、松原は、ふふっ、と笑う。

「思えば、履歴書も提出せずに雇ってもらいましたよね」

「だな。そういえば、松原さんの下の名前も知らないし」

「……私の名前は、宗次朗さんと少し似ているんです。信二郎、というんですよ」

「おっ、松原さんも次男？」

そうです、と松原はうなずいた。

「兄の名前は信一郎。実家は、その兄が継ぎました」

「兄さんも手先が器用だったんだ？」

いえ、と松原は首を横に振る。

「とても不器用で大雑把なタイプでした。兄は料理人としては向いてなかったのですが、旅館の経営者としては優秀だったようで、実家の料理旅館はまあまあ繁盛しているようです。結構、男前なのでそれも評判だとか」

「男前って、俺みたいな？」

いたずらっぽく問う宗次朗に、松原は肩を震わせて、いえ、と首を振る。

「宗次朗さんのような、規格外の美男子ではないですよ」

「規格外って。それは、澪たんだろ。あいつは人外レベルだし」

すかさず言う宗次朗に、そうですね、と松原は笑う。

「……昔、澪人さんの美しさに気圧(けお)されたことがありました。人ではなく、精霊ではないかと思ったくらいです」

「まー、昔の澪人は、雰囲気もちょっと違ったよな」

思えば随分、人間らしくなったよなぁ、と宗次朗は洩らす。

本当ですね、と松原は目を細めた。

「そんな宗次朗さんや澪人さんと違って、兄はごく普通の男前なんです。あっさりした顔立ちでシュッとしてるというか」

へぇ、と宗次朗は手を動かしながら相槌をうつ。

「実家の料理旅館はどこに？」

「嵐山(あらしやま)ですよ」

ああ、と宗次朗は顔を上げた。

「もしかして、賀茂家がよく使っている、『松の屋(まつや)』？」

そうですそうです、と松原は答える。

そこは、賀茂家親族の宴会に使うことも多い旅館だった。

「うちは大昔、賀茂家に仕えていた、割と霊感の強い一族だったそうです。そうした縁もあって、今も贔屓にしてもらっていて……」

「それで、松原さんは、どういう経緯で賀茂家の手伝いを？」

松原は最近まで、上賀茂の邸宅の管理や事務作業をしていたのだ。

それまでの彼のイメージは、『賀茂家の管理人』といったところだろうか。

「……実は、私も実家の料理旅館を継ぎたかったんですよ。自分の料理の腕は兄よりも勝っていると自負していましたし。ですが親に認められず、悔しさに家を飛び出しました……まだ二十代の頃です。どこにも行く当てがなく困っている時にたまたま賀茂家の親戚の方にお会いして、吉雄さんを紹介してもらいました。私はそのまま賀茂家に拾ってもらったんです。私も霊感が強く、霊や妖を見ることができたというのも大きな要因だったようで」

吉雄は、賀茂三姉弟――杏奈、和人、澪人の祖父であり、吉乃の弟だ。

「それから四十過ぎまで賀茂家のお手伝いをしてきました。澪人さんのように優秀な方のサポートをしたり、家の管理人をしたり、事務仕事を手伝ったり……それなりに充実はしていたんですが、このままで良いのか、という気持ちもあったんです」

そんな時に、と松原は話を続ける。

「宗次朗さんの和菓子に出会って、感動したんですよね。自分も作ってみたいという想いも湧き上がりました。そしたら声を掛けてもらえたので本当に驚きました」

松原は美しい上生菓子を作り、満足そうにうなずいて、箱に置いた。

そうだったんだ、と宗次朗は納得しながら、松原を見た。

「で、今も松原さんは、霊や妖を見たりするんですか？」

それが、と松原は肩をすくめる。

「四十を過ぎた頃から、そうした霊感が弱まってきました。それで賀茂家に仕えていても良いのだろうか、と不安にもなっていたんですよね。特殊な能力を持っているからこそお役に立てているという気持ちもあったので……」

なるほどねぇ、と宗次朗は相槌(あいづち)をうつ。

「それじゃあ今やすっかり？」

ええ、と松原はうなずいたあと、微(かす)かに表情を曇らせた。

「ですが、最近……」

「うん？」

「夢を見るんです」

多分あれは夢ですね、と松原は苦笑する。

夢と聞いて、宗次朗は思わず手を止めた。

「どんな夢を？」

「兄の婚約者だった人が、私の前に現れるんですよ」

うん？と宗次朗は首を傾げる。

「その人は亡くなってる？」

はい、と松原はうなずく。

「古い家なので跡継ぎである兄には許嫁がいました。とはいえ、兄はその婚約者と恋仲だったんです。そして私は、兄の婚約者の妹と想いを結んでいました」

「つまり、兄弟揃って、同じ家の姉妹に恋をしてたってことか。兄貴は長女を、松原さんは次女を……」

そういうことになりますね、と松原は苦笑した。

「許嫁一家は関東の旧家なんですが、休みのたびにうちの旅館『松の屋』に泊まりに来ていたので、私たちにとっては幼馴染みに近しい存在でもありました。姉は香澄といって美人でおしとやか、妹は安曇といって可愛らしく活発な子だったんです……」

ですが、と松原は話を続ける。

「ある年の春のことです。うちに滞在していた許嫁一家は、ハイキングを兼ねて山へ山菜を採りに行きました。その時、兄の婚約者の香澄さんは山道で滑落し、頭を打って亡くなってしまったんです。痛ましい事故でした」

宗次朗は何も言わずに、眉間に皺を寄せる。

「その後、亡くなった姉の代わりに妹が兄と結婚することになったんです……」

「それで松原さんは、自分を跡継ぎにしてほしいと……」

はい、と松原は顔を歪ませた。

「それまでは、旅館の後を継ぎたいなんて思ったことがありませんでした。私は職人気質ですし、次男として兄のサポートをしていきたいと思っていたんです。ですが、彼女を兄に奪われてしまうと思うと、我慢がなりませんでした。でも両親にとって、長男は絶対で、私の声は聞き届けてもらえませんでした。私は本当は彼女に『一緒に逃げよう』と言いたかったんですが、その時の自分は何も持っていなかった。職も家もなかったんです。そんな状態で連れ去ることができなくて……」

松原は自嘲気味に笑みを浮かべる。

そっかぁ、と宗次朗は洩らした。

「で、夢っていうのは？」

話を戻され、そうでしたね、と松原は我に返ったように表情を正した。

「山で亡くなった彼女の姉――香澄さんが私の枕元に立っているんです」

「えっと……それは、夢？」

「たぶん、夢だと思うんですが」

「いやぁ、どっちかというと霊的な感じがするけど」

やっぱりそうでしょうか、と松原は肩をすくめる。

「で、夢枕に立った香澄さんはなんて？」

「あ、はい。香澄さんは苦しそうな顔で私を見て、何か言っているんです。でも言葉は聞こえない。動かしている口許(くちもと)を見ると『助けて』と言っているようなんですが……」

宗次朗は眉根(まゆね)を寄せて、首を傾げる。

「香澄さんが亡くなったのって結構前ですよね？」

「はい、今から二十年以上前です」

ふむ、と宗次朗は遠くを見るような目を見せる。松原も黙り込み、その後、二人は無言のまま作業を再開し、午前十時の開店を迎えた。

三

その日も客の入りはよく、午後になる頃にはショーケースの中が空に近い状態になっていた。

松原が『完売しました』という札をショーケースに貼っていると、カウンターの中で宗次朗がぶつぶつと洩(も)らしている。

「職人二人だけはやっぱり大変だな。接客を担当してくれる人が欲しいよな」

「たしかにそうですね。杏奈さんもお休みの時は手伝ってくれるんですが、基本的には女優のお仕事で忙しくされていますし、誰かを雇うのは良いと思います……」

もし求人を出したら近隣の女性が殺到するのではないか、と松原が口許を緩ませていると、そうそう、と宗次朗が声を上げた。

「松原さん、配達をお願いしてもいいですか」

しゃがんで作業をしていた松原は「あ、はい」と腰を上げる。

「新作の『モダン羊羹』と『柚子饅頭』を祇園の『さくら庵』に届けてもらいたいんですよ」

お願いします、と宗次朗はコンテナーバットをカウンターの上に置いた。

その中には新作の和菓子の箱が詰め込まれ、伝票も載っている。

松原は伝票を手に取り、商品を確認した。

よく見ると松原が作った上生菓子も入っている。

「商品が少し多いようですよ……」

「ああ、それは松原さんの分」

「私の？」

「宣伝がてら知り合いに配ってください」

その言葉を聞きながら、松原は、弱ったな、と思っていた。

自分の知り合いや世話になっている人は、今や賀茂家の関係者ばかり。彼らには、おそらく宗次朗自身が届けるだろう。

とはいえ、宗次朗の心遣いはありがたく、松原は素直に礼を言って頭を下げた。

「ですが、私の作った上生菓子まで」

「せっかくだから松原さんの腕も披露できたらって」

「披露するような味には到達していないですよ」

「短期間でここまでのものを作るんだから、本当にすごいと思います。元々の下地があってのことだとは思いますがセンスがいいんでしょうね」

松原は慌てたように首を振る。

「私なんてそんな」

「いやいや、この分だと繊細な仕事に関しては、アッという間に追いつかれそうだって本気で思ってますし。自分を否定するような謙遜はしないでください」

宗次朗もかなり手先が器用だが、松原はそれを上回っていた。和菓子作りはまだまだと松原も自覚しているが、細かな作業に関しては自信を持っている。

ありがとうございます、と松原ははにかんだ。

「では、いずれ、宗次朗さんが『さくら庵』の三号店を出す時は、店長を務められるよう、がんばります」

三号店？　と宗次朗は目を瞬かせる。

「本店は祇園の『さくら庵』で、二号店はこの伏見の『さくら庵』ですよね」

「あ、なるほど」

三号店かぁ、と宗次朗は笑う。

「でもそれなら、『いずれ自分の店を出せるようがんばる』ってなりませんか？」

いいえ、と松原はきっぱりと言って首を横に振った。

「やっぱり私はどこまでも職人なので、宗次朗さんという頼れる方の下にいる方が、のびのびと良いものを作れる気がするんです。私は宗次朗さんの和菓子の味を継承して、できればずっと『さくら庵』をやっていきたいですね」

しみじみと言う松原に、宗次朗は少し照れたように目をそらす。

「あー、まぁ、そう言ってもらえるとありがたいです。それはそうと……」

お願いします、と宗次朗は、車の鍵をカウンターの上に置いた。

「かしこまりました」

「明日は定休日だし、今日はもう直帰でいいんで」

「えっ、それじゃあ車は？」

「明後日出勤する時に乗ってきてくれたらそれでいいですよ」

はい、と松原は車の鍵とコンテナーバットを手にし、行ってきます、と店を出た。

＊＊＊

――そこからは、奇妙な偶然だった。

吉乃の許に和菓子を届けた時、澪人とその仲間が、天ヶ瀬ダムに向かいたいけれど間に合いそうにない、と慌てふためいていたのだ。

宗次朗が直帰を勧めたのは、この事態を予感してのことだったのかもしれない。

あらためて宗次朗の凄さを感じながら、松原は、それなら、と口を開く。

「私が天ヶ瀬ダムまで運転手をしましょうか？」

その場にいた皆が、えっ、と振り返る。

「ちょうど店のワゴンに乗って来たので皆さん乗れますよ。祇園にお菓子を届けた後は直帰していいって宗次朗さんに言われているので、問題ないと思います」

松原が申し出ると、皆は揃って顔を明るくさせた。

そうして松原は一同を車に乗せて、宇治の天ヶ瀬ダムへと向かうことになった。

松原は黙って運転しているだけだったが、道中はとても楽しかった。

車内にいるのは、揃いも揃って凄い能力者だ。

小春は、かつて賀茂家最強なのでは、と囁かれた吉乃の孫で、あの黒龍を降臨させる力を持つ、恐るべき神子だ。

朔也は、高名な僧侶で除霊師・浄蔵の流れを汲む三善家の末裔で、今やエリート集団と誉れの高い、陰陽師組織の一員。

澪人は、そんなエリート陰陽師たちを束ねる審神者であり、さらにその審神者たちの頭でもある。この界隈では、もはや雲の上の存在といっても良いだろう。

小春の隣に座る友人の愛衣は、他のメンバーのような強い霊能力は持っていないようだが、それとは違う別の力を秘めているようだ。時々、特別な力を持たないのに、霊能力者と縁があり、行動を共にしている人物を見ることがある。愛衣や杏奈、そして和人がそうだ。そういう人は大抵、先祖の守護がとても強く、周囲の者をも災厄から護れる力を持っている。

そうしたエネルギーを纏う者は、霊能力者にとって心地好いものだ。愛衣は当人の与り知らぬところで、仲間を護り、癒しているのだろう。

こうして見ると、今車の中にいるのは、世が世なら自分は口も利けないような方々と言っても過言ではない。

だが、そんな彼らも、まだまだ齢若い男女。

楽しいお喋りに花を咲かせ、車内は笑いが絶えない。

そんな中で、澪人の『ためになる言葉』も聞くことができて幸運にも思っていた。

天ケ瀬ダムの前まで送り届け、また迎えに来ると松原が伝えるも、彼らは丁重に断ってきた。

「そうですか。では、お気をつけて。何かあったら遠慮なく連絡してくださいね」

松原はそう告げて、再びハンドルを握る。

さて、帰ろうか。

そう思うも、心地の好い秋晴れだ。少しドライブするのも良いかもしれない。

車を走らせながら、山道を進んでいく。

山側には紫の花が咲いていた。

それが目に入るなり、松原は思わず車を脇に停める。

車を降りて、確認するように花に目を落とした。青みがかった紫の花びらが五枚あり、中央の花柱が黄色い可愛らしい花だ。

「ああ、やっぱり、この花だ……」

松原は懐かしさに目を細める。

嵐山で生活をしていた時、かつて安曇と見たことがあった。名前は『紅姫竜胆（べにひめりんどう）』といっただろうか。

あれは、自分がまだ二十代だった頃だ。

許嫁一家が、うちの旅館に遊びに来ていた。安曇と二人で山道を歩いていると、少し先に兄と香澄の姿が見える。

香澄と兄は寄り添うように座っていて、自分たちが見ているのにも気付かずに、唇を重ねていた。

その時、隣で安曇が、ふふっと笑う。

『お姉ちゃん、幸せそうな顔。本当に信一郎さんが大好きなんだから』

『……親が決めた婚約者に恋できてるって、幸せなことだよなぁ』

『まぁ、信一郎さん、カッコイイからね。誰かさんと違って』

安曇は横目で見て、いたずらっぽく笑う。

彼女の言う通り、兄は見た目が良かった。『こないな男前の若旦那さんがいてたら、さらに商売繁盛間違いなしやね』と客に言われることも多い。

料理の腕はさほどでもなかったが、兄には経営手腕と接客の才能があり、旅館の後継ぎとして適している。料理に関しては自分がサポートしていけば良い、とその頃は心から思っていたのだ。

『でも、安曇は大丈夫？』

『大丈夫って、なにが？』

安曇は不思議そうに、こちらを見た。

『だって、安曇も兄さんのこと、好きだったんだよな？』

そう言うと安曇は頬を赤らめ、しーっ、と口の前に人差し指を立てた。

『好きっていうか、なんていうか、ただの憧れだよ。お姉ちゃんの婚約者だって最初から分かってたし。そもそもあんなにカッコイイ人だと緊張しちゃう。それにガサツな私は、若女将なんて向いてないしね。夢もあるんだ』

『夢って？』

『パン職人になりたいの』

『ああ、それで製菓の専門学校に進学したんだ……』

『そう。だから……』

『だから？』

安曇は、そっと自分の手を握ってきた。

『信ちゃんくらいがちょうどいいかなって』

『ちょうどいいって』

酷いな、と笑いながら、とても嬉しかった。自分も安曇を想っていたからだ。

安曇は近くに咲いている青紫の花を摘んで、そっと差し出す。

――花ことばを調べてね、と彼女は囁いて、走り去った。

その後、素直に自分は『紅姫竜胆』の花ことばを調べて、その意味を知ったのだ。

「……この花を模した、生菓子を作ってみようかな」

味はどんな感じが良いだろうか。

在りし日を思い出すような、優しい甘さが良いのかもしれない。

松原は花の写真を撮って、運転席に戻る。

だが車を発進させず、シートに身を委ね、ふぅ、と息をついた。

思えば、香澄が事故で亡くなったのは、あの秋から約半年後。

翌年の春だった。

一家が山菜採りに行っている間、自分は厨房で下ごしらえをしていた。

そこに鳴り響いた一本の電話。

不思議なもので、その電話の音は遠くで鳴っていたのに、すぐ側で聞こえているかのように大きく響いていた。嫌な予感がして、ドキドキと心臓が早鐘を打つ。

『大変です。香澄さんが！』

仲居が駆け込んできて、香澄が亡くなったことを伝えた。

あの日から、自分の運命が変わってしまったのだ——。

「宗次朗さんに聞きそびれてしまった」

松原は、今朝の会話を振り返る。

『本当は彼女に「一緒に逃げよう」と言いたかったんですが、その時の自分は何も持っていなかった。そんな状態で連れ去ることができなくて……』

そう言うと宗次朗は、「そっかぁ」とだけ答えた。

本当はその後に訊きたかったのだ。

宗次朗さんなら、どうしていましたか、と——。

そういえば、と松原は上体を起こす。

彼女の姉が事故に遭った山はこの辺だったのではないか？

そう思うと、ぞくりと背筋が冷えた。

ここに導かれたのだろうか？

なぜ、最近になって香澄が枕元に立つようになったのだろう？

彼女は自分に何を訴えているのだろう？

「香澄さん、どうしてほしいんですか……？」

松原は静かに問いかけた、その時だ。

ふわり、と後ろに気配を感じた。

思わず振り返るも、後部座席は何も変わりはない。

松原は息を呑んで、バックミラーに目を向ける。

女性の姿が映っていた。その姿は白くぼんやりしていて、半透明だ。

ドキドキと鼓動が速くなる。

女性はそっと顔を上げた。その顔はよく分からないのに、鏡越しに目が合ったように感じた。

「香澄さん……？」

松原が息を呑んで問いかけると、彼女はこくりとうなずいた。

——助けて。

そんな想いが、松原に届く。

「この山にあなたが遺した何かがあるんですか？」

だが、香澄は首を振る。

「あなたの実家にお連れしますか？」

香澄はまた首を振った。

「……私の実家に、兄のいる旅館へ行きますか？」

そう問うと、香澄はそっとうなずいた。

自分が安曇に想いを残しているように、香澄も兄を想っていて、無念なのかもしれない。もし、幸せそうな夫婦の様子を見たら、自分も彼女も浄化されるのだろうか？

「私も、もうずっと実家には帰ってないんですよ」

松原はハンドルを回して方向転換しながら、ははっと自嘲気味に笑う。

香澄は何も反応はしない。

家を飛び出してから、二十年以上経っていた。

手土産の用意くらいしないと、と松原は思い、ふと宗次朗にお菓子を持たされているのを思い出した。

本当に恐ろしい人だ、と松原は苦笑した。

四

松原が、再び宗次朗の許を訪れたのは、それから数時間後。

陽は落ちて、すでに店は閉まっている。撮影で泊まりになると杏奈から連絡が入ったため、宗次朗は一人、テレビを観ながら晩酌をしていた。

そんな時に、松原がやってきたのだ。

「すみません、夜分に……」

リビングに足を踏み入れた松原は、随分と酒を飲んだようで、足元はおぼつかず、顔は真っ赤だ。

宗次朗は呆然として、松原を見る。

「松原さん、車に乗ってたはずなのに……」

「あ、いえ、車はちゃんと駐車場に停めてから、この近所で飲んでました」

どうしてもやりきれなくて……、と松原は目を伏せる。

「一体何があったんですか？」

いや、その前に座ってください、と宗次朗はソファーを勧め、彼の前に水が入ったコップを置いた。

松原は、グイッと水を飲んで、潤んだ目で宗次朗を見上げる。

「宗次朗さん、聞きたいことがあったんです」

「なんですか？」

「私は、安曇に一緒に逃げようと言いたかった。けれど、言えなかったと話したじゃないですか。自分には何もないから、と」

宗次朗は何も言わずに、相槌（あいづち）をうつ。

「もし、宗次朗さんが私の立場だったなら、どうしましたか……？」

どうって……、と宗次朗は顔をしかめた。

「その前に、何があったんですか？」

「それが、その……」

松原はたどたどしく、今日の出来事を話し始める。

澪人たちを天ヶ瀬ダムまで送ったこと。

その後、山道で懐かしい花を見付け、思わず車を停めると、そこは香澄が亡くなった山だったと気付いたこと。

そして、車内に香澄が姿を現わしたこと……。

「香澄さんは、私の実家に行きたがっていたんです。それで、私も決心して約二十年ぶりに実家に顔を出すことにしました。安曇と兄の幸せな様子を見られたら、自分も香澄さんも浄化されるに違いないと思っていたんです。でも、実際はまるで違っていたんですよ……」

どういうことだ？　と宗次朗は思わず前のめりになる。

松原は深呼吸をして、再び話を始めた。

＊　＊　＊

松原が実家の旅館に足を踏み入れると、昔馴染み(むかしなじ)の仲居がその姿を見て、大きく目を見開いた。

『信二郎さんじゃないですか！』

その大きな声は近くにいたらしい両親の耳にも届き、二人は仰天した様子で建物から飛び出してきた。

『し、信二郎！』

約二十年ぶりに会った両親の姿は、自分が思った以上に老いていて、ずきりと胸が痛んだ。たしかに年月は経っているが、実年齢よりも年上に見える。

『お帰り、信二郎』

父は目に涙を浮かべ、母は泣いていた。

自分の帰りをこんなにも喜んでくれている。自分がいかに親不孝だったかを痛感して、また胸が痛む。

旅館の中に入り、廊下を歩いていると、中庭から赤ん坊の声が聞こえてきた。

窓の外を見ると、三十路前後と思われる女性が赤子を抱いて、あやしている。

『あの赤ん坊は？』

そう問うと、母は弱ったような笑みで答える。

『……信一郎の子よ』

母は元々、関東の人間だ。商売上、客には京ことばを使うことがあるが、気を抜いている家族の間では標準語になる。そのため松原が使うのも主に標準語だった。

あの女性はベビーシッターなのだろうか？　と中庭を眺めながら思う。

弱ったような母の横顔が目に入り、思わず顔を背けた。

両親は、自分が安曇に恋をしていたのを知っている。

それが故に家を出たこともだ。安曇と兄の間に子どもができたと知ったら、自分がショックを受けると思っているのだろう。

もう今さらの話ではないか、と苦笑した。

兄と安曇は結婚してもう二十年近くなる。なかなか子どもに恵まれないという話は聞いていた。

こんなに時が経ち、やっと子宝に恵まれた。それはめでたいことだ。

もしかしたら、香澄が今になって自分の前に現われたのは、子どもの誕生も関係しているのかもしれない。

客間に通され、自分はこれまでのことを話した。

ずっと賀茂家に仕えていたけれど、今は和菓子屋で働きながら修業していること。

『良かったら食べてください』

自分が作った上生菓子を出すと、両親は躊躇(ためら)いながら口にし、また涙を滲(にじ)ませた。

『美味(おい)しい……』

『信二郎、おまえは昔から調理の才能があったから、その腕を活(い)かせる仕事に就けて良かったな』

二人がとても喜んでくれて、自分も涙が出そうになった。

その間、香澄はずっと、窓の外を眺めていた。兄の赤子を見ているのだろう。

『子どもは男の子ですか、女の子ですか？』

そう問うと、母ははにかみながら、頬に手を当てる。

『男の子よ』

『孫ができて、嬉しいですね』

ええ、と母は少し困ったように言い、父は目をそらしている。

何かおかしい、と松原は眉根を寄せて、窓の外を見る。

今も見知らぬ女性が赤子をあやしているが、安曇の姿が見えないのだ。

『安曇……さんは、元気ですか？』

『元気よ。若女将としてがんばってくれているわ。今も接客をしていて……』

その言葉にホッとする。

『それは良かった。安曇さんも一応、高齢出産だっただろうし、一瞬心配してしまいました』

そう言うと、両親は揃って目をそらした。

『……どうしました？』

母はきゅっと拳を握る。

『信一郎の子を産んだのは、安曇さんじゃないの』

えっ、と訊き返す。

一瞬何を言われたのか、理解できなかった。

『安曇さんは、自分が子どもを授かれないことに悩んでいてね。信一郎にこう言ったそうなのよ。「家のために、他の方に子どもを産んでもらってください」って……。信一郎は、少し前から若い仲居と密かに通じていて、安曇さんはそのことを知ったうえでの提案だったようだけど……』

話を聞きながら、気持ち悪さに胸がむかむかとしてくる。

『そ、そんなことをどうして許したんですか？』

『知らなかったんや！』

と、父が即座に声を荒らげた。

『気付いた時にはもう後戻りできないところまで来てしもてたんや。信一郎は、少し離れたところにあるマンションで愛人と生活しているし、それを安曇さんは容認してる』

『私たちが信一郎を叱っても、安曇さんを諭しても、「夫婦で決めたことだから」の一点張りなのよ。今となっては私たちも孫は可愛いし……』

今も顔を見せに来てくれていたの、と母は窓の外に目を向ける。

『このことは、安曇の親も知っているんですか？』

ええ、と母はうなずく。

『安曇さんが自らご両親に伝えたのよ。「自分が認めたことだから」って……そして旅館の関係者にも同じことを伝えていたわ。信一郎の相手は仲居だったから、隠しておけるものではないだろうしって。もちろん、お客様にはわざわざ言うことではないから黙っているけれど……』

母はそう言って、父と共に目を伏せる。

それ以上話を聞いていたくなくて、松原は立ち上がっていた。

部屋を出て、廊下を勢いよく歩いていると、くすくすと笑い声が耳に届く。

声の方向に顔を向けると、安曇が仲居と愉(たの)しげに笑っていた。薄紫の和服を纏(まと)い、綺麗(きれい)に髪を結い上げている。

『信ちゃん、お久しぶり』

『安曇……』

『いきなりなんの前触れもなく帰ってくるんだから、驚いた。今も賀茂家にお仕えしてるの？』

ごく普通に世間話をしようとする安曇に、目眩(めまい)がして頭(かぶり)を振った。

『安曇、少し話せるか？』

安曇は、うん、とうなずき、二人は建物の裏手に向かった。

『どういうつもりで、あんな馬鹿なことを……っ』

『知っちゃったんだ。そっか、今日赤ちゃん見せに連れてきていたものね』

と、安曇は空笑いをして、しょうがないじゃない、と目をそらす。

『しょうがない？』

『そう、しょうがない。だって私はどんなにがんばっても子どもを授かれなかった。気が付いたら信一郎さんは、若い仲居さんに夢中になってる。しかもその人は死んだお姉ちゃんに少し似ている。私はお姉ちゃんの代わりだった。それなのに代わりとしての役割を果たせなかったんだから……』

自分は呆然として、額に手を当てた。

『それじゃあ、どうして離婚しない？　こんなことにまでなってしまったら、もう家同士のつながりも何もないだろう？』

だって、と安曇は遠くを見るような目を見せる。

『どこにも行く場所がないもの』

ふう、と息をついて、安曇は話を続けた。

『本当はね、お姉ちゃんの代わりに嫁ぐことになった時、信ちゃんが私を連れ出してくれるのを期待していた。でも、信ちゃんは出て行っただけだった。私は好きな人に求められなかった。それじゃあ、求められている存在になろうと思ってお姉ちゃんの代わりになることを決めた。だけど皆が心の中で一番求めていたのは子どもを授かることだった。それなのに私にはそれができない。お義母さんは、言葉では私を責めないけれどため息ばかり。両親はいつも嫁ぎ先に申し訳ないと嘆いている。そのうち、夫は姉によく似た女性と通じ合うようになった。ずっと、地獄にいるみたいだった』

でもね、と安曇は顔を上げる。

『私が、愛人の存在を認めたことで、すべてが変わったの。義両親も両親も周りの人たちもみんな、私を可哀相だと労わってくれるようになった。信一郎さんも喜んでくれてる。居場所がなかった私が、ようやく見付けた居場所なの。だから私のことは、気にしないで放っておいて。若女将としては、なかなか良い仕事をしているのよ』

それだけ言うと、さて仕事しなきゃ、と安曇は松原に背を向けて歩き出した。

＊＊＊

話を聞き終えた宗次朗は、松原を見やる。

「――で、松原さんはその後、彼女になんて言ったんですか？」

「いえ、私はそのまま……。安曇は私に背を向けてしまいましたし、もう、何もかも遅かったんですよ」

遅いか、と宗次朗は口に手を当てる。

ややあって、すみません、と松原を見た。

「松原さん、年上のあなたにちょっと失礼だと思いますが、今から無礼講で本音を言ってもいいですか？」

「あ、はい。どうぞ」

「何やってんだよ！」

宗次朗はいきなり声を張り上げる。その迫力に松原は思わずのけ反った。

「惚れた女だろ？　今でも好きなんだろ？　それなのにどうしてそんなあからさまなSOSをスルーして帰って来てるんだよ！」

「でも、彼女は『放っておいて』って……」

あーもうっ、と宗次朗は頭を掻く。

「さっき、『宗次朗さんならどうしましたか？』って聞いたよな」

「はい……」

「職も家もなくて、そんな自分が彼女を連れ出すことなんてできない、その気持ちは分かる。けどな、一番大事なのはお互いの気持ちだろ？　いきなり連れ出さなくても良かったんだ。『自分には何もないから、こんなこと言う資格がないかもしれない。だけど、好きなんだ。誰にも渡したくない』って気持ちだけでも伝えるべきだったんじゃないか？」

　ぐっ、と松原は下唇を噛みしめる。

「安曇さんは昔、松原さんが連れ出してくれることを期待してたって言ってたんだろ？　その時、彼女は期待している素振りを見せていたか？」

　いえ、と松原は首を振る。

「分からなかったです。元々安曇は兄に憧れていたので、もしかしたら結婚に関しては喜んでいるのかもしれないとか考えてしまいまして……」

　ったく、と宗次朗は腕を組む。

「彼女は、そもそも本心を隠して我慢する人なんだよ。今やきっと、限界に近い状態まで追い詰められてる」

「どうして分かるんですか？」

「だから、彼女の姉さんが枕元に立ったんだろ？　それはあんたへの、妹をなんとかしてやってくれっていう訴えだったんじゃないのか？」

　はっ、と松原は目を見開いた。

「大体、『人に可哀相だと思ってもらえてようやく確保できる自分の居場所』って、なんだそれ、はっきり言って地獄みたいな場所だろ。今日だってそうだよ。『放っておいて』と言う彼女の背中に向かって自分が彼女を想ってきたこと、今も忘れられていないことくらい伝えても良かったんじゃないか？」

松原は顔を真っ青にし、肩を小刻みに震わせている。

「さっき『何もかも遅かった』って言ったけど、そんなことは全然ない。人生はいつだって『今』がスタート地点なんだよ。今が人生で一番若いんだ」

「…………」

松原はしばし黙り込んだかと思うと勢いよく立ち上がった。

「宗次朗さん。私、今から行ってきます！」

宗次朗はそんな松原の首根っこをつかんで座らせる。

「駄目だ、この酔っ払い」

「えっ」

「明日は定休日だ。渾身の和菓子を作って、ちゃんと身支度を整えて伝えに行けよ。そして馬鹿兄貴にもしっかり伝えるんだ。『奥さんをいただきます』って」

「宗次朗さん……」

宗次朗は、ふぅ、と息をついて松原の背中を軽く叩く。

「無礼講失礼しました。今日はうちで風呂入って、客間で寝ていってください」

ありがとうございます、と松原は涙目で深々と頭を下げた。

翌朝、早朝から松原は、和菓子作りに精を出していた。

青紫の花びらに黄色の花柱の練りきりだ。

宗次朗は菓子楊枝を手に、試作品の味見をして、うん、とうなずく。

「美味い」

松原は安堵の表情で、胸に手を当てる。

「上品でしつこくないのに、甘さはしっかりしている。松原さんの決意が伝わってくる、渾身の和菓子ですね」

「ありがとうございます」

「ちなみに、この花の種類は？」

「『紅姫竜胆』です」

想い出の花なんですよ、と松原ははにかみ、紅姫竜胆の練りきりを小皿に載せて、そのまま桐の箱の中に入れ、菓子楊枝を添える。

「松原さん、着替えに帰ってから向かうんですか？」

そう問う宗次朗に、松原は首を振り、作業用白衣に手を触れた。

「これが自分にとっての戦闘着なので、この姿で行きます」

そっか、と宗次朗は嬉しそうに目を細める。

それでは行ってきます、と松原は店を出て行く。

松原の姿が見えなくなった後、宗次朗は二階の住居への階段に続く暖簾をめくった。

階段には白狐やうさぎの姿をした精霊たちがいつものように愉しげに遊んでいる。

「みんな、ちょっといいか」

宗次朗が呼び掛けると、精霊たちは顔を明るくさせて振り返る。

――主上が話しかけてくれた。

「いや、主上ってやめて」

宗次朗は苦笑した後、気を取り直して話を続ける。

「松原さんを手伝ってやってほしい。今後、うちの店長になる人なんだ。上手くいくようによろしく頼むよ」

精霊たちが宗次朗から頼みごとをされるのはこれが初めてであり、皆は感激したように目を潤ませた。

すぐに隊列を整えて、一礼する。

――御意。

「だから、そういうかしこまった感じは……」

戸惑う宗次朗を他所に、精霊たちは階段を駆け下りて、店の外へと飛ぶようにして出て行く。

うさぎのハルもつられたように階段を下りて、暖簾の外に出ようとしたところで、宗次朗が掌（てのひら）で通せんぼした。

「駄目だ。ハルは生き物なんだから、家で留守番な」

そう言うとハルはがっかりしたように耳を下げ、階段の上でパタッと横になった。

五

「――と、まぁ、こんなことがあったんだ」

宗次朗は一連の流れを伝えて、杏奈の隣に腰を下ろす。

うええっ、と杏奈は両頬に手を当てた。

午後一時半。

少し前に帰宅した杏奈は、リビングのソファーに座った状態で、大きな目をさらに大きくさせている。

膝（ひざ）の上にはハルがいた。まだいじけているのか横になったままだ。

「私が一晩留守している間にそんな展開になっていたなんて……それじゃあ、さっき宗ちゃんが電話していた相手って、松原さん？」

杏奈が帰宅し、リビングに顔を出した時、宗次朗は誰かと電話をしていたのだ。

「ああ、松原さんから報告の電話が入ってたんだ。朝九時に実家を突撃して、今、色々終わったって」

うわあ、と杏奈は声を上ずらせる。

「で、松原さんは、どうなったの？　好きな人を連れ出すことはできたの？」

杏奈は身を乗り出す勢いで訊ねる。

どうどう、と宗次朗は手をかざした。

「まずは、コーヒーでも飲むか？」

「いやいや、それより話を聞きたい」

杏奈に同調するようにハルも体を起こして、話を聞きたいとでもいうようにジッと見詰める。

同じような目を見せている杏奈とハルを前に宗次朗は、ぷっ、と笑った。

「それじゃあ、あらためて説明するな」

「うんうん」

「今朝松原さんは、渾身の想いを込めて作った和菓子を持って、実家に帰ったんだ」

それで、と杏奈は先を促す。

「で、両親に兄貴、安曇さんを呼んで、頭を下げて言ったらしい。『安曇さんを私にください』って」

「ええっ!?　でっ？」

「一同はもちろん仰天。兄貴は後ろめたいのか目をそらしていて、両親は弱ったようにしている。肝心の安曇さんはしばらく呆然としてたそうだ。そんな彼女に、松原さんのお母さんが訊いたらしい」

と、宗次朗は、松原からの報告をそのまま話し始めた。

＊　＊　＊

客間には、松原の両親、兄の信一郎、安曇が並んで座っていた。

その対面に、松原と香澄が座っている。

だが、香澄の姿は、松原にしか見えない。かつては松原家は霊感の強い一族だったが、今この家で霊能力があるのは、松原だけだった。

香澄は目を伏せながら、話を聞いている。

『安曇さん、あなたの気持ちはどうなの？』

母の問いかけに、安曇はぴくりと肩を震わせた。

『どうって……私は人妻ですよ。信ちゃ……信二郎さんはとんでもないことを言うなと思っています』

静かにそう答えた安曇に、兄は少しホッとしたような表情を見せる。

若い仲居と子どもまで作っておきながら、妻は妻で手放したくないようだ。

その姿に松原が憤りを感じていると、母が話を続けた。

『たしかに、とんでもない話だと思うわ。でも、もううちでは既にもっととんでもないことが起こってしまっている。それは私たちがずっと安曇さんを傷付けてきてしまった結果だとも思っている。安曇さん、あなたの気持ちはどうなの？　あなたはずっと、本音を言わずにきたわよね？』

安曇はグッと押し黙る。

『香澄さんが亡くなった時、あなたのご両親はあなたを嫁にと言ってくれた。私は、あなたに「それでいいの？」と聞いたわよね。あなたは、黙ってうなずいてくれた。あの時、あなたは自分の気持ちに嘘をついていた？』

安曇の手がぶるぶると震えていた。

『今さらだけど、あなたの本当の気持ちを聞かせてほしいの』

母の問いかけに、安曇はギュッと目を瞑（つむ）った。

『仕方ない、と思ったんです』

『ご両親に言われたから？』

それもそうですけど、と安曇は顔を手で覆う。

ややあって震えた声で、小さく洩（も）らした。

『姉が亡くなったのは……私のせいだったんです』

えっ、と皆は目を見開く。

『あの日、私たちは山菜を採っていました。私は後ろの方にいて、姉は少し先を歩いていました。ちょうど、もう少し行ったところに山菜らしきものがあるのが見えて、私、言ったんです。「お姉ちゃん、あそこにあるみたい。採ってきて」って。姉は「分かった」と張り切ってそこに向かった時に足を滑らせて……』

安曇の顔がみるみる蒼白になっていく。

『お姉ちゃんを殺したのは私なんです。だから、私が何もかもお姉ちゃんの代わりを務めなきゃならない。それなのに求められていることができない。そして信一郎さんは、大切な人を見付けてしまった。その人は既に妊娠までして悩んでいた……』

安曇は顔を手で覆ったまま、うっ、と呻く。

安曇が『他の方に子どもを産んでもらってください』と兄に告げたのは、既に愛人である仲居が妊娠しているのを察したが故のことだったのだ。その事実は、兄も知らなかったようで顔色を失くしている。一同は絶句した。

『お姉ちゃんは、きっと私のことを怒っている。恨んでいると思うんです……』

その言葉を聞き、松原の隣で香澄は首を横に振っていた。

皆に香澄の姿が見えないのがもどかしい。

それは違う、と松原が否定しようとした時だ。

白狐やうさぎの姿をした精霊たちが窓から次々に入ってきたのだ。

えっ、と松原が仰天する間もなく、精霊たちは香澄の周りを取り囲み、光を放った。

光の中で、香澄の姿がはっきりと浮かび上がっていく。

『お姉ちゃん……』

『か、香澄⁉』

安曇と兄が声を上げ、父と母が絶句する。

精霊たちの計らいにより、皆の目にも香澄の姿が見えるようになったようだ。

香澄は安曇のところまで膝を進め、その手を取った。

──ごめんね、安曇。

安曇は大きく目を見開き、ううん、と大きく首を横に振る。

『謝るのは私。私のせいでお姉ちゃんは亡くなってしまったから、お姉ちゃんの代わりを務めようと思った。だけど思えば、私はお姉ちゃんの大好きな人を奪ってしまった……』

香澄も首を横に振る。

──あれは、私の不注意での事故で、私の天命なの。あなたは何も悪くない。それなのに私のせいで、あなたにそんな想いをさせてしまった。

『お姉ちゃん……』

香澄は安曇に向かって優しく微笑む。次に信一郎に一瞥(いちべつ)をくれた。

信一郎は体をびくんと震わせて、土下座をする。

『あ、安曇を悲しませてすまなかった』

香澄はそんな信一郎を無視するように何も言わないまま視線を離し、今度は松原の両親に向かって頭を下げた。

――ごめんなさい。安曇はこれまでずっと自分を押し殺して生きてきました。どうかこれからは、安曇の自由にさせてあげてください。

母は目に涙を滲(にじ)ませながら、こくりとうなずいた。

『私もそのつもりでいました。眠っていたあなたを起こしてしまうくらい、心配かけてごめんなさいね』

父は何も言わないまま、ただ首を縦に振っている。

香澄はホッとしたように微笑んで、そのままスッと姿を消した。

部屋に静寂が訪れ、中庭の鹿威(ししおど)しの音が響き渡る。

『安曇、これを……』

松原は、安曇の前に和菓子の箱を差し出した。安曇は、なんだろう、という様子で蓋(ふた)を開けて、『あっ』と声を洩らす。

箱の中には青紫の花を模した練りきりがひとつ、皿に載った状態で入っていた。

『紅姫竜胆……』

安曇は箱から皿を出す。

『食べてください』

安曇は首を縦に振って、菓子楊枝を使い、和菓子を小さく切って一口食べた。

美味しい……、と安曇は涙でくぐもった声で静かにつぶやく。

『花ことば、覚えていてくれたんだ』

紅姫竜胆の花ことば、それは……。

あなたを愛します——。

松原はしっかりと安曇の方を向き、深く頭を下げた。

『ずっと好きで、忘れられなかった。どうか、自分と一緒に来てください』

『私と一緒になっても……子どもを望めないんだよ?』

関係ない、と松原は即座に答える。

『安曇が側にいてくれたら、それだけで最高だ』

最高って、と安曇は笑う。

『迎えに来るのが遅いよ。できれば昔、私が嫁ぐ時に、そのくらい強く言ってくれてたらって思う』

『自分もそう思っていた。でも今からでも遅くない。師匠に教えてもらったんです。人生はいつだって今がスタートだって。今が人生で一番若いのだからと……』

『信ちゃん……』

　安曇は口に手を当てた。

『ありがとう。私も信ちゃんと一緒に生きていきたい』

　そう言った後、安曇は両親と信一郎の方を向く。

『お義父さん、お義母さん、信一郎さん、本当にごめんなさい。私、ここを出て信一郎さんと生きる道を選んでも良いでしょうか？』

　すると母は泣き笑いの表情でうなずく。

『ようやく本音を言ってくれた』

『離れても私たちの娘だと思っている。自分の道を生きてほしい』

　そう言う両親に、信一郎は弱ったようにしながら口を開いた。

『色々と思うことや、言いたいことはある。でも今の俺には、そんな資格がないことも分かっている。俺は安曇を悲しませることしかできなかった。本当に申し訳なく思っている。香澄が心配して現われたくらいだ。今は安曇の意思を尊重したい』

　ありがとう、と安曇は涙を流し、今度は松原の方を向いて、頭を下げた。

『これからどうぞよろしくお願いします』

こちらこそよろしくお願いします、と松原も頭を下げる。

部屋の隅で見守っていた精霊たちが、わっ、と声を上げた。

＊＊＊

「そうして、松原さんは彼女を連れ出すことに成功したらしい」

すごい、と杏奈は目を輝かせる。

「おめでとう。良かった」

パチパチと手を叩きながら、みるみる杏奈の目が潤んでいく。

「どうして杏奈が泣くんだよ」

だって、と杏奈は指先で涙を拭う。

「本音を隠して人の期待に応えようとする安曇さんの気持ち、私も分かる気がするから。何よりみんなが幸せになれるならそれが一番だよ」

そうだな、と宗次朗は小さく笑う。

その時に、ふと気配を感じて顔を上げた。

嵐山へ向かっていた精霊たちが一仕事を終えて帰ってきたのだ。

大きなエネルギーが店の入口から、階段へと移っていったのが分かる。

「行った時よりも数が増えてるような……」

「なんの話？」

「もふもふ隊だよ」

そんな話をしていると、リビングの入口に香澄が姿を現わした。

ぼんやりとした姿だが、彼女が微笑んでいるのは分かる。

香澄は宗次朗が自分を認識したことに気が付くと、深く頭を下げた。

宗次朗も会釈を返すと、その姿は煙のように消えていった。

「本当に優しい姉さんだったんだな……」

「えっ、なに？」

香澄さんの話だよ、と宗次朗は頬杖をついて微笑む。

「実は松原さんのことで、俺の夢の謎も少し解けたんだ」

「夢の謎って、前に言っていた茂さんの夢のこと？」

そう、と宗次朗はうなずく。

「松原さんが泊まった日、ふと思って訊いたんだ」

宗次朗はその夜のことを振り返るように、頬杖をついたまま天井を仰ぐ。

『松原さんが家を出た時、賀茂家の親戚の人に会って、吉雄さんを紹介してもらったって話してましたよね？』

『あ、はい』

『その人って誰だか覚えてますか？』

『いえ、賀茂家の親戚の会に来ていた人だということくらいしか……賀茂家親族には珍しく、ごく普通という雰囲気の方でした。その後も、上賀茂の賀茂邸などで顔を合わせたことがあり、挨拶はしたんですが、今さら名前も聞けずじまいで』

もしかして、と宗次朗は立ち上がり、写真立てを手にして、振り返る。

『この人だったり？』

それは昔撮った家族の記念写真だ。茂、吉乃、宗一、宗次朗の四人がかしこまって写っている。あっ、と松原は口に手を当てた。

『そうそう、この人です。温厚そうな人……これは家族写真ですよね？　もしかして宗次朗さんのお父さん、つまり吉乃さんの旦那さんだったんですか？』

そう、と答える宗次朗に、松原は、知らなかった、と洩らす。

『本当に普通の雰囲気だったので、まさか、あの吉乃さんの旦那さんだとは思わなかったです……』

『それよく言われてたみたいだなぁ。そのたびにお袋、ぷりぷり怒っていたよ』

『雰囲気が普通だっただけで、本当は大きな力を持っていたんですか？』

そう問われて宗次朗は、うーん、と唸る。

『もしかしたら、そうだったのかも？』


話を聞き終えた杏奈は、ふえええ、と間抜けな声を上げる。

「じゃあ、松原さんをうちのお祖父ちゃんに紹介したのは、茂さんだったんだ」

「そうだったみたいだな」

「ご縁だねぇ。それで謎が解けたっていうのは？」

「ま、これは、もう少し先の話だけどな……」

宗次朗はそう言いながら、夢の中で、『良い店を持ったな』『祇園にいてほしい』と言っていた父の姿が頭に浮かび、小さく息をついた。

伏見店の店長を松原として、宗次朗が本店に戻るのを望んでいるのだろう。

宗次朗は、ふーっ、と息を吐き出す。

「悪いけど、それはもうちょっと後だよ、親父」

まだ二人の生活を楽しみたい、と独りごちる宗次朗に、杏奈は小首を傾げた。

「えっと、宗ちゃん、なんの話？」

いや、なんでもない、と宗次朗は手をかざす。

「そうだ。松原さんのめでたい報告をしに、久々に一緒に祇園に行くか。たまにはみんなでわいわい食事をしようぜ」

うんっ、と杏奈はハルを抱いたまま勢いよく立ち上がる。

「吉乃さんや小春ちゃんに会いたいし、ついでに澪人の顔も見てやりたいし」

「俺も久々に、腕によりをかけるかな」

「わあ、楽しみ」

「杏奈は何が食べたい」

「すき焼き！」

即答した杏奈に、あんまり腕は必要ねぇな、と宗次朗は口許を緩ませる。

「ま、いいか。とびきりの肉を買って行くか」

わーい、と杏奈は宗次朗の腕に抱きつく。

「瓶ビールも買おうね。私たちで松原さんのお祝いをしよう」

「松原さんいないけどな」

「それじゃあ、呼んであげるとか」

「いや、そこは遠慮しようぜ。絶対、二人きりのがいいだろ」

だよね、と杏奈は笑って、宗次朗を見上げる。

「宗ちゃんも嬉しそうだね」

「そりゃまぁ。それに、ちょうどもう一人スタッフが欲しいと思ってたところなんだ。

優秀な若女将だった安曇さんに働いてもらえるかもしれないし」

そう言った宗次朗に、杏奈は「ちゃっかり良い人材確保だね」と笑う。

そうして、宗次朗と杏奈は祇園に向かい――かつて小春が結婚したいと思っていた人物が宗次朗であることが判明するのだった。

あいだのお話

宗次朗と杏奈が祇園の『さくら庵』を訪れた夜。

遊びに来ていた千歳も誘い、櫻井家ですき焼きパーティが開かれた。

テーブルには千歳、小春、澪人と並び、向かい側に吉乃、宗次朗、杏奈が座っている。少し離れたところに狐神のコウメと狛猫のコマの姿もあった。側にうさぎのハルが寄り添っている。

コマは今、千歳の眷属神の気分でいるようで側で見守っていることが多いという。

一同は、乾杯、とグラスを掲げてわいわいと松原の話で盛り上がる。

「なんやねん、『松の屋』の若旦那は、そないなことしてたんや」

吉乃は、許せへんわ、と洩らしながら顔をしかめる。

まあまあ、と杏奈は手をかざす。

「一応、解決しましたし、良かったですよね」

ですね、と小春も同意し、そういえば、と天井を仰ぐ。

「嵐山の旅館って、お祖母ちゃんたちが『いとこ会』で集まっていたところ？」

「そやで。いっつも使わせてもろてるところや」

へぇ、と洩らしながら、小春はかつてのことを思い出した。

吉乃が『いとこ会』に出かけていて、小春が店番をしていた時だ。

急に嵐になり、雷鳴が轟いた。

その頃の小春は、まだ雷が苦手であり、蹲るようにして怯えていると、澪人が駆け付けてきてくれたのだ。店に飛び込んでくるなり、抱き締めてきた澪人。その腕の強さと、雨に濡れた彼の体の冷たさが鮮明に蘇り、頬が熱くなる。

「…………」

小春が顔を赤くして黙り込んでいると、千歳がちらりと、横目で見た。

「小春さん、もしかして、その旅館で何かあったの？」

「あ、ううん。その旅館には行ったことがないよ」

すると小春の反対隣に座る澪人が、そうなんや、と意外そうに言う。

「澪人さんはあるんですか？」

「ええ、会合で何度か。風情のある旅館やし、今度一緒に行こか」

「は、はい」

「おい、まだ泊まりでデートとかお父さんは許さないからな」

睨みを利かせた宗次朗に、千歳も強く同意し、澪人は肩をすくめる。

「お父さんて。別に二人きりで行こうて話やないですし」

それならいいけど、と宗次朗は息をつく。

「でも宗ちゃん、お泊まりデート以前にこの二人は一つ屋根の下、一緒に生活してるじゃない」

杏奈の言葉に、宗次朗は頭を掻く。

「ま、それはそうなんだけどな」

「それに関してやけど」

澪人は箸を置いて、顔を上げた。

思わず姿勢を整える皆を前に、そないにかしこまらんでも、と澪人は小さく笑い、話を続けた。

「僕、この家を出ようて思てます」

このことは、小春は既に聞いている。

だがあらたまって言われるとやはり寂しさを感じ、思わず俯いた。

吉乃は察していたようで、やっぱりそうなんやな、とつぶやく。

はい、と澪人は微笑むように目を細めた。

「この家はもう大丈夫やて思ってますし」

「ほんで、実家に帰るんやろか？」

「いえ、上賀茂の家へ」

ああ、と吉乃は納得したように首を縦に振る。

「あそこは澪人ちゃんにぴったりやね」

「僕もそう思います」

そっか、と宗次朗は洩らして、グラスを手にした。

「それじゃあ、少し早い澪たんの送別会だな」

杏奈も、そうだね、とグラスを持つ。

「飲むよ、澪人！」

「送別会て少し大袈裟や。姉さんは飲んだらよくあちこちぶつけるさかい、ほどほどにやで」

「とりあえず、もういっぺん乾杯やな」

吉乃の言葉に、皆はうなずいて、乾杯、とグラスを掲げた。

「澪人、今までうちを護ってくれて感謝してるよ」

あらたまって言う宗次朗に、澪人は弱ったように首を振る。

「いえ、そんな。宗次朗さんにそない言われたら、なんや気色悪いし」

「気色悪いって言うなよ」

宗次朗と澪人が、わいわいとやっているなか、小春の横では千歳が少し嬉しそうに洩らす。

「そっか、澪人さん、出て行くんだ。うん、若い男女が同じ屋根の下って、やっぱり不健全だし、それが良いと思うよ」

その言葉が聞こえた杏奈は、やだ、と口に手を当てた。

「千歳くん、もしかして小春ちゃんのことを？」

「そうなんです。想うのは自由かなって」

「うんうん、自由だよ。澪人なんて気にしなくていいから」

「ちょっ、姉さん……」

そんな賑やかな様子に、吉乃は嬉しそうに目を細めた。

「やっぱり賑やかなんはええな。澪人ちゃんがいいひんようになってしまうのは少し寂しい」

「吉乃さん……」

澪人は少し申し訳なさそうに吉乃の方を向く。

すると宗次朗が、まぁ、と声を上げた。

「これからは、ここに和菓子を運びがてら、ちょくちょく来るようにするよ」

「ほんま？」

「なんといっても、ここは本店だからな」

本店、と吉乃は目をぱちりと見開く。

「なんやすごいチェーン店みたいやな」

そう言う吉乃に、「チェーン店って」と皆は笑う。

それは楽しい、秋の夜長だった。

第二章　和栗のモンブランと深まる謎。

一

澪人と小春を乗せたレモン色の軽自動車が上賀茂の賀茂邸に到着したのは午後三時を過ぎた頃だった。

賀茂邸は、上賀茂神社より徒歩数分の位置にある。

かつては『賀茂吉雄』という存在感のある表札が掲げられていたが、今は『賀茂』だけになっている。高い塀、風格のある檜(ひのき)の門は相変わらず立派だ。

その門は既に開かれていて、小春は戸惑いながら澪人を見た。

「門、開いてるけど大丈夫なんですか？」

「ええ、来てもろてるんや」

「来てもらってる？」

駐車場に車を停めて、澪人はトランクからスーツケースを取り出す。二人が玄関の引き戸に向かい歩いていると、庭で掃き掃除をしていた男性が大きく手を振った。

「澪人さん、小春さん」

「松原さん、わざわざおおきに」

松原だ。彼は今、宗次朗の店で働いているが、かつてこの屋敷の管理人だった。聞くと、澪人がこの家を本格的に管理することになり、色々と申し送りがあるそうだ。引継ぎといったところだろうか。

「いえいえ、預からせていただいていた鍵をちゃんとお返ししなければ、と思っていたところでして」

松原はそう言って、ポケットの中から鍵の束を出した。

「これが親鍵で、こっちがスペアです。あと、これが物置で……」

と、鍵の説明をしてから澪人に手渡す。

「おおきに」

澪人は受け取った鍵を手に、賀茂邸の扉を開く。

広々とした玄関の向こうに、長い廊下が奥へと続いている。宴会の時は開かれていた襖も、今は閉じられていて、まるで旅館の佇まいだ。

澪人はすぐに家に上がらず、玄関のところで目を瞑り、両手を合わせ、祝詞を唱え始める。すぐに小春もそれに倣い、合掌した。

「今日からお世話になります。どうぞよろしくお頼申します」

深く頭を下げた澪人に続いて、小春もぺこりと頭を下げる。

人ならざる者の姿は見えないが、大きなエネルギーがこの屋敷を包んでいる。

それらは澪人の訪れを歓迎しているようで、空気が光って見えた。

では、と澪人が一歩足を踏み入れる。小春と松原もそれに続いた。

「澪人さん、この家のブレーカーの場所、知っていますか？」

「ブレーカー？　いえ、見たことないです」

やっぱり、と松原は笑う。

「分かりにくいところにあるんですよ。私も最初はかなり探してしまいまして……」

松原は、この家に関する詳細な情報を澪人に伝えていく。

隠し扉の話が耳に届き、小春は自分まで聞くのは良くない気がして、少し距離を置いた。

ふと横を向くと、中庭が見える縁側が目に入る。

砂利が敷き詰められた石庭と均衡を保って並ぶ敷石に灯籠。水を使わずに山や水のある風景を表現する『枯山水』に、石庭を囲むように並ぶ木々が美しい。正月の宴会に呼ばれてここへ来た時は赤と白の椿が鮮やかに咲き誇っていた。けれど、今は秋。

椿の花の代わりに木々の葉が紅く色付いている。

「松原さん、きっと庭の管理もしていたんだよね」

元々美しい庭だったとしても、維持するには手入れが必要だ。

すごいなぁ、と小春は縁側に腰を下ろす。

これからはここを澪人が管理していく。

「ちょっと大変そう」

私もお手伝いができたら……と小春はつぶやく。

「なにが大変なんやろ？」

いきなり背中に声が届き、ぼんやりしていた小春は弾かれたように振り返る。

澪人は少し愉しげにこちらを見ていた。どうやら驚かそうと気配を消していたようだ。

「あっ、お庭の管理のことで……お話終わったんですか？」

ええ、と澪人はうなずく。

「松原さんは、もう帰らはりました」

「えっ、もう？　ご挨拶できなかった……」

「これから店に戻って明日の仕込みがあるて言うて、サッと」

「そうだったんですね。それじゃあ、お引っ越しの手伝いをしますよ」

腰を上げようとした小春に、澪人は、ええねん、と微笑む。

「引っ越し言うても、スーツケースひとつやし」

「でも私、澪人さんを手伝うつもりで来たんですよ？」

おおきに、と澪人は小春の隣に腰を下ろす。

「そやけど、僕は元々、そないなことをしてもらうつもりはあらへんで」

「そうだったんですか？　それじゃあ私は何をしたら……」

「三善君と愛衣ちゃんが来るまで、少しのんびりお喋りできたらて思うてたんや」

今日はこれから朔也と愛衣がここを訪れて、引っ越し祝いをする予定だ。由里子は受験勉強、医者の卵である和人は家の手伝いに忙しく、二人は不参加だった。

そうですね、と小春ははにかみながら、澪人を見た。

「これまで、ゆっくりお喋りできなかったですもんね」

しかし、いざ話をしようとなっても、何を話していいか思いつかない。

小春はもじもじしながら澪人を見た。

「えっと、今夜は何を食べましょうか？」

「三善君が、『タコ焼きパーティしよ』て言うてて」

材料も買うてきてくれるて、と澪人が続ける。

「わあ、タコ焼きいいですね」

小春は顔を明るくさせるも、でも、と目だけで屋敷の中を見回す。

「この家にタコ焼き器あるんですか？」

タコ焼き器など置いてなさそうな厳かな雰囲気だ。

「もちろんや」

「この家にタコ焼き器があるって、ちょっと意外です」

「そやろか。そもそも関西の家には、大抵あるもんやし」

へぇ、と小春は感心の息をついた。

思えば、吉乃の家にもタコ焼き器はある。だが、東京の実家にはなかった。

土地柄だなぁ、と小春はしみじみとつぶやく。

「小春ちゃん」

はい、と小春は澪人と視線を合わせた。

「ひとつ、お願いしたいことがあったんや」

「なんでしょう？」

「……触ってもよろしい？」

熱っぽい眼差しで訊ねる澪人に、小春の心臓が大きく音を立てる。

どこを触るのだろう？

そんな疑問が浮かびながらも、あらためて訊くこともできず、小春は強い鼓動を感じるなか、黙ってうなずいた。
おおきに、と囁いて澪人は両手を伸ばす。
大きな掌が、小春の両頬を包む。
そのまま頭を撫で、指で髪を梳き、再び頬を包む。
長い指先が耳に触れて、小春の体がぴくりと反応した。
「可愛らし」
静かに囁いて、澪人はゆっくりと顔を近付けてきた。
キスされる、と思わず目を瞑ると、額に唇が触れる。
少し拍子抜けして瞼を開けると、すぐ目の前に澪人の顔があった。
彼に聞こえてしまうのではないか、というほどに心臓が激しく音を立てている。
澪人は、小春の頬を両手で包んだまま、見詰めている。
親指で唇をなぞられ、小春の背中がぞくぞくと震えた。
「ええ？」
そう問いかけられて、小春は微かにうなずいて目を瞑る。
ゆっくりと、唇が重なった。
キスは強いエネルギーの交換だ。
ただ、優しく唇が触れ合っているだけなのに、いつも全身が熱くなる。

澪人はゆっくりと唇を離して、小春の頭を優しく撫でる。

「おおきに。もうずっと、こうして小春ちゃんに触れたいて思うてた」

櫻井家では、それができなかったのだろう。

嬉しそうに微笑む澪人の姿を前に、小春の胸が詰まる。

「私も……澪人さんに触れたかったです」

そう言って澪人の胸に寄り添うと、彼が一瞬息を呑んだのが小春にも分かった。

澪人は優しく抱き締め、息を吐き出すように言う。

「そない可愛らしいこと言わんといて。僕はもう、自分の中の獣を抑えるのが大変やねん」

「けもの……」

「俗世での修行て、ほんまはこういうことなのかもしれへんね……滝に打たれるよりしんどいわ」

そんなに？　と小春が目を丸くして顔を上げた。

冗談やで、と澪人は笑い、

「こうしていて、僕は幸せやし」

こつん、と互いの額を合わせた。

「私もです」

「もういっぺんええ？」

小春が黙ってうなずくと、澪人は再び唇を重ねようと顔を近付けた。その瞬間、ピンポーン、とインターホンが鳴った。

小春はびくんと体を震わせて目を開き、澪人は残念そうに額に手を当てる。

「あ、きっと愛衣と朔也くんですよね。行かなきゃ」

急に恥ずかしくなった小春は、慌てたように腰を上げかけると、

「小春」

澪人が手をつかんで、優しく体を引き寄せる。小春の後頭部が大きな掌に包まれたかと思うと、互いの唇が重なった。

その時に触れたのは唇だけではなく……、

「……はふぇ」

小春は素っ頓狂な声を出して、目を瞬かせる。澪人は少し出していた舌先を口内に戻して、かんにん、と申し訳なさそうに眉尻を下げた。

「つい……、嫌やった？」

小春は何も言えないまま、首を横に振る。

「ほな、出迎えに行こか」

「は……い」

小春は火照る頰を摩りながら、いそいそと立ち上がり、澪人の後を追って玄関へと向かった。

二

「お待たせ、賀茂くん！」

「澪人さん、引っ越しおめでとうございます」

来客はやはり愛衣と朔也だった。朔也はパンパンに膨らんでいるエコバッグを手に満面の笑みを浮かべ、愛衣はぺこりと頭を下げている。

「いらっしゃい。なんや、たくさん買うてきてくれたみたいやな」

「タコ焼きの材料とお菓子にジュースに色々ね。冷蔵庫借りてもいいかな？」

「もちろん。重かったやろ、僕が持つし」

と、澪人は、朔也が手にしているエコバッグを持つ。

「いやん、賀茂くん、俺にまで優しい」

顔を手で覆う朔也に、澪人は肩をすくめ、小春と愛衣は顔を見合わせて笑い合う。

その後、小春と愛衣はキッチンで作業をし、澪人と朔也は広間にテーブルや座布団、タコ焼き器の用意をした。

準備ができた後は、タコ焼きパーティのスタートだ。

「タコ、ネギ、紅ショウガ、揚げ玉という定番はもちろんだけど、チーズやコーン、キムチにモチ、ベーコンやウインナーなんかも美味しいから、買ってきておいたんだ」

「へぇ、僕はそない冒険したことあらへん」

「私もです。でも、美味しそう」

「ねぇ、せっかくだから、列ごとに色々作って試してみようよ」

「よっしゃ」

皆でわいわい材料を入れながら、タコ焼きを作り、竹串で回転させて焼いていく。

焼き上がると皿に引き上げて、各々ソースやマヨネーズ、青のりに削り節を振りかけて、いただきます、と手を合わせた。

「ほっくほく、変わりだねも美味しい」

小春は口を手で隠しながら言う。愛衣も、うんうん、とうなずく。

「外はカリッとしているけど、中はジューシィ。焼き立てって美味しいね」

「じゃあ俺も……熱っ」

「そないに勢いよく口に入れるからや」

澪人は冷たい麦茶が入ったコップを朔也に差し出して、背中を摩った。

ちょっ……、と朔也は口を手で覆う。

「賀茂くん、さっきから俺に優しすぎる。俺やコハちゃん以外の人にそんなことやったら駄目だよ。みんな賀茂くんを好きになっちゃうからね」

「って、朔也、しっかり自分は入っているんだ」

愛衣は噴き出しそうになるのを堪えるかのように、手を口に当てる。

「何言うてるんや」

やれやれ、と澪人は肩をすくめるも、朔也は真剣な表情を見せた。

「いや、結構マジで言ってるからね？」

「そやかて、不親切にするのもおかしいし」

「そうだけどさぁ、絶対勘違いする人が出てくるよ」

「勘違いなんてしぃひんやろ。僕が好きなんは小春ちゃんだけやし」

あっさりそう答えた澪人に、朔也と愛衣は頬を赤らめた。

「……いや、いきなり当てられたね」

「うん、結構な破壊力だった」

ぼそぼそとつぶやく朔也と愛衣に、澪人は不思議そうに首を傾げ、小春は火照る頬を隠すように目を伏せた。

タコ焼きを食べ終えて、皆で後片付けをした後は、お茶の用意をする。

「宗次朗さんからもろたんやけど」

澪人は、冷蔵庫から箱を出して、テーブルの上に置いた。

小春、愛衣、朔也は目を輝かせて箱に注目する。

「新作のお菓子かな？」

「この前、食べた柚子饅頭でも嬉しい」

「モダン羊羹も美味しかったよなぁ」

なんやろね、と澪人は箱を開ける。

箱の中に並んでいたのは――。

モンブラン？ と皆の声が揃った。

ひも状に絞り出されたマロンクリーム、その天辺に栗が載っている様は、洋菓子のモンブランそのものだ。

だが、形は真ん丸で一口サイズ。底には木べらが付いている。

箱の隅に紙があり、小春はそれを手に取った。

「あ、『和栗のモンブラン』て書いてある。丹波栗を使っているんだって。この木べらを取って、そのまま口に運ぶみたい」

「相変わらず、宗次朗さんは食べやすいお菓子を作らはる」

「女性への気遣いが感じられる……」

「それより食べようよ。美味(うま)そう」

いただきます、と手を合わせて、各々木べらを手にした。

ぱくりと口に運ぶ。和栗のクリームはとてもなめらかで少し渋みのある甘さだ。その中には、上品な甘さのこし餡(あん)、さらに中心にごろんと栗が入っている。

「秋の贅沢(ぜいたく)……」

小春は口に手を当てながら、思わずそう洩(も)らす。

「ほんまや、美味しい」

「またひとつ、名作が生まれたね」

「うー、もっと食べたい。せめて二口で食べれば良かった」

箱に入っていたのは四つだけ。木べらを使ったので、一気に一口で食べてしまった。

『もっと食べたい』という言葉に皆は同感していた。

「この美味しさ、もう一度味わいたい」

「うん、このお菓子は、最低二つ必要かも」

「俺、近々絶対買いに行く！」

「僕もや」

まんまと宗次朗の戦略に釣られているのを感じながら、皆は思い思いに『和栗のモンブラン』の味わいを振り返る。

ややあって、そうそう、と朔也が思い出したように口を開いた。

「あのさ、賀茂くん、巫狐騒動のことなんだけど」

巫狐騒動――それは、『安倍晴明の生まれ変わり』を自称した動画配信者・巫狐が起こした一連の出来事だ。

配信者・巫狐は、烏帽子に狩衣、狐の面をつけて、心霊スポットに突撃し、除霊まがいのパフォーマンスをしていた。

しかし、すべては出鱈目で、その正体は小春たちの同級生であり、白王子と誉れの高い美男子・水城静流が陰陽師への憧れから、やっていたことだった。

その動画に目を付けた、大学の映像研究会に所属する桑原忠司が『巫狐を主役に映画を作りたい』と静流に持ち掛けた。

静流は、それを快諾。そこに学徳学園の演劇部部長・桑原雅司（桑原忠司の弟）も加わり、その後は映画のPRのために動画を撮影していたという。

巫狐の動画を見ながら、澪人も小春も疑問に思っていた。

あんなに心霊スポットに行き、インチキな祝詞を上げている時は、黒い影が纏わりついているのに、次の回がスタートした時には、影は何もかもなくなっているのだ。

本当に除霊の能力があるのだろうか、と思うも、その疑問はすぐに解けた。

吉乃の強力な『厄除け御守』を身に着けていたためだったのだ。

それ以外にも、桑原忠司は、撮影前に対策を講じていたという。

そのことについて彼は、こう言っていた。

『不思議なことを投稿するサイトがあるんですが……そこで知り合った霊感の強い人に撮影前に相談したんです。そうしたら、撮影時にはカメラマンも同じように面をつけろ。そして石を持っていって、それを持ち帰れ。それらは使った面と一緒に誰もいないところに隠しておけと言われましてね』

「桑原さんが言ってたサイトって、うち——三善家が作ったものじゃん？」

そうやったね、と澪人は答え、小春と愛衣は黙って相槌をうつ。

かつて三善家は、陰陽師の組織に張り合っていた。

除霊の実績を多く作り、除霊師としての立場を確固たるものにしたかったのだ。

その対策として不思議なことを投稿するサイトを立ち上げ、心霊情報の書き込みを確認し、信憑性があると感じた場合、除霊を無償で行っていた。

「あのサイト、実は少し前から放置してるんだ。今はオカルトが好きな人たちの掲示板と化しちゃっててさ。で、これが桑原さんの書き込みだと思うんだけど……」

朔也はスマホを出し、指先で操作してからテーブルの上に置く。

皆は前のめりになって画面を確認した。

『動画配信者です。動画の閲覧数を稼ぎたいので、有名な心霊スポットに突撃しようと思っています。でもやっぱり怖い気持ちはあるし、取り憑かれるのは嫌なので対処方法があったら教えてください』

皆は揃って眉根を寄せる。

この書き込みを見て不快に思った者は多いようだ。

『そもそも、そんなところに行くべきではない』『絶対、駄目』『むしろ行って痛い目見るべきでは？』といった否定的なコメントが連なっている。

ほとんどが反対意見ばかりで、建設的な書き込みは見当たらない。だが、気になるコメントがあった。

『一応、霊感の強い者です。相談に乗りますよ。良かったらDMください』

そのコメントを目にし、愛衣が弾かれたように顔を上げる。

「DMのやりとりは見られるの？」

朔也はそっと肩をすくめた。

「もちろん、うちが運営しているサイトだからその気になれば見れる。けど、それはちょっと気が引けたから静流っちづてに桑原さんに連絡してもらって、『DMのやりとりを教えてほしい』って伝えたんだ。そしたら快く見せてくれてさ」

朔也は、水城静流のことを早くも『静流っち』と呼んでいた。

相変わらず一気に距離を詰める人だ、と小春は呆れを通り越して思わず感心した。

朔也はスマホを操作し、メッセージアプリを開いて、テーブルの上に置く。

「見て」

皆は画面を確認する。そこに『一応、霊感の強い者』と桑原忠司のやりとりの画面を撮影した画像が表示されていた。


『ご連絡ありがとうございます。お言葉に甘えて早速DMさせてもらいました』

『DMありがとうございます。最初にお伺いしたいのですが、関西の方ですか？（関西圏の板に投稿されていたので）』

『そうです。心霊スポットは、主に京都をまわるつもりです』

『それなら良かった。自分も関西なのでいざとなれば除霊のお手伝いができます』

『心強いです。霊能力者さんなんでしょうか？』

『そんな感じです。でもお金をふんだくったりはしないので安心してください笑』

『良かったです笑』

『まず、もし本当に心霊スポットに行くならば、お面をつけて行くのをオススメします。霊に顔を見られないというのは、結構効果があります』

『メインの実況者は元々お面をつけているんですが、自分は裏方で、カメラマンなんです。裏方もつけた方がいいんですよね？』

『もちろんです。ただ、直接目を合わせないことも大事なので、カメラ越しというのはひとつの対策になります。でも、なるべくならつけた方がいいですよ』

『分かりました』

『あとは、手のひらサイズくらいの大きさの石を持っていってください。それはそのまま持ち帰って、つけていたお面と一緒にどこかに隠してほしいんです。その隠した場所を私に教えてください』

『ありがとうございます。お面と石を隠す場所が決まりましたら、またご連絡いたします』

『お待ちしております』

ここで数日の間が空き、桑原が返事を出している。

『お久しぶりです。心霊スポットへ行ってきました。アドバイス通りに京都市北区にある、今は使われていない幼稚園の靴箱に石を、掃除用具箱にお面を入れておきました。裏側の窓の鍵が壊れていて簡単に入れます』

その数時間後に、返事が届いている。

『お久しぶりです。確認してきました。とても理想的な場所に隠してもらえて嬉しいです。お面と石は浄化しておきました。次にまた心霊スポットに行った場合は、お面と石を入れ替えておいてください』
『浄化してくれたんですね、驚きました。ありがとうございます。あの、でも、本当に謝礼などを支払う余裕はなくて……すみません』
『気にしないでください』

その後、桑原たちは心霊スポットを訪れては、石と面を幼稚舎へ持っていき、浄化済みの石と面を回収して帰ってくるということを繰り返したようだ。

ちなみに石と面を持っていく役目を担っていたのは、幼稚舎の近くの学徳学園の学生である演劇部の部長・雅司の役目だったという。

つまり、と朔也が人差し指を立てる。

「愛衣ちゃんの見立て通り、あの防犯カメラに映っていたのは、演劇部の部長さんで間違いなかったってことなんだ。さすがの観察力だね」

防犯カメラに映っていた男のシルエットを見て、あれは演劇部の部長ではないか、と言ったのは愛衣だったのだ。

愛衣は、そうだったんだ、と少し嬉しそうに胸に手を当て、でも、と話を続ける。

「このやりとりを読んで不思議だったんだけど、天ケ瀬ダムではカメラマンさん、お面つけてなかったよね？」

うん、と朔也はうなずく。

「俺も疑問に思って静流っちに訊いたら、天ケ瀬ダムの撮影は太陽が出ているうちだし、他のところと違ってそんな怖い雰囲気じゃないからつけなくていいやってことになったみたい」

なるほど、と一同は納得する。

もうひとつ不思議なのが、と小春も口を開いた。

「……結局、幼稚舎には霊がたくさんいたわけだから、その霊能力者は除霊してなかったってこと？」

「やっぱり、インチキ霊能力者だったのかな？」

小春と愛衣の問いを受けて、澪人は顔をしかめて腕を組む。

「インチキとは断言もできひん。霊能力者は『石と面を浄化する』て言うてたわけで、それはしてたのかもしれへんし」

小春は、うーん、と顔をしかめる。

「……もし、そうだとするなら、霊能力者は、石やお面についていた霊障をまるで埃を払うように除き去りながらも、浄化はしていなかった。だから石やお面に元々憑いていた霊が建物に留まって溜まっていった……ってことですか？」

「その可能性はあると思う」

澪人がうなずくと、朔也は「いやいや」と首と手を振る。

「俺は、単にインチキだったんだと思うな。それっぽいことを伝えて、相手が自分の言う通り動くのを面白がってたんじゃないかなぁ。だって石とお面の霊を浄化せずに取り去るってのも、なかなか難しいことだよね」

「あ、でも、吉乃さんの御守があれば簡単にできそう」

すかさず言った愛衣に、たしかに、と一同は苦笑する。

「そういえば、石やお面を運んでいた演劇部の部長さんは、幼稚舎がおかしくなってるのに気付かなかったんでしょうか？」

小春が独り言のようにつぶやくと、朔也が答えた。

「それが、なんにも気付いていなかったんだって」

「そうなんや。ほんなら、そういうんをキャッチしぃひんお人なんやな」

「あの学長ですら気付いたのに、鈍感すぎるよねぇ」

と、朔也が言うと、ごめん、と愛衣が片手を上げる。

「私もあの建物を前にしても何も感じなかったから」

「あー、いやいや、愛衣ちゃんは、そういうのとは違う力があると思ってるから。愛衣ちゃんはすごいよ、ほんとに」

勢いよく言う朔也に、愛衣は一瞥をくれる。

「いきなりそんなに褒められて、なんだか怖いんだけど……」

「えぇー、褒め言葉は素直に受け止めようよ」

私もそう思う、と小春も同意していると、澪人が片手を上げた。

「話を戻してもよろしい？」

その言葉に、皆は思わず座り直す。

「別にかしこまらんでええんやけど、実は幼稚舎に白い陶器の器が埋められていたのを見付けたんや。形は三角柱で、中には塩と霊符が入ってて」

えっ、と朔也は目を丸くする。

「何それ、初耳なんだけど」

「かんにん、ちょっとバタバタしてて伝えそびれてしもて。その霊符は僕もちょっと見覚えがないものやったんやけど、しっかりと力があるのは伝わってきたんや」

「それで、澪人さんはインチキではないと思ったんですね」

小春は、そういうことだったんだ、と納得して話を続けた。

「つまり、その霊能力者は幼稚舎に集められた怨霊が外に出ないように、しっかり対策してくれてたってことですよね？」

「一応はそういうことやね」

澪人は、煮え切らない様子で答える。

「一応？」

と、愛衣は不思議そうな様子だったが、小春には澪人の気持ちが分かる気がした。

嫌な予感がするのだ。

ふと、朔也の方に目を向けると、珍しく険しい表情を見せている。

「朔也くん、どうしたの？」

「え……いや、その、もしかしたら……」

「なんやろ？」

「三善家の人間の仕業じゃないかって気がして……」

どういうこと？　と小春は眉根を寄せて訊き返す。

「だって、このサイトは三善家の人間が運営している。三善家には、俺ほどじゃないけど、それなりに霊感の強い人間も多いんだ。もしかしたらと思って。自分の親族がサイトを利用して、なんか良くないことを企んでいたら嫌だなって……」

朔也は苦い表情で洩らし、

「朔也……」

愛衣は心配そうに目を細めた。

場の空気が暗くなりかけた時、澪人がぱんっと手をうつ。

「ほんならあなたは、三善家の調査をお願いします」

「あっ、うん、もちろん」

「頼りにしてるさかい」

にこりと微笑んだ澪人に、朔也はすぐに顔を明るくする。

「任せて。ちなみに賀茂くんは、このことを組織に報告するの？」

澪人は、そやね、とうなずく。

「とりあえず、本部長に霊符を見てもらおて思てる」

そっか、と朔也は答えてから、「あのさ」と少し身を乗り出す。

「組織といえば、お披露目会で話した人のことなんだけど……」

「遠藤さん？　それとも葛葉さんやろか」

きょとんとする小春と愛衣に、澪人は補足説明をした。

朔也が、入組した際のお披露目会で関わった陰陽師が二人いた。

一人は朔也を見て特別な力がないと判断し、難癖をつけてきた遠藤卓。長めの前髪にそばかすが印象的な二十歳の青年だ。十六歳で入組している。彼は朔也に難癖をつけたはいいものの、微かに怒りを滲ませた澪人を前に硬直した。

遠藤が何も言えなくなった時に助け船を出したのが、葛葉久義。彼はウェーブがかった明るめの髪に細身で眼鏡を掛けていて、にこにこしている印象の青年だ。大学生になってから入組した。現在は学徳学園の大学院生でもある。

澪人が二人の説明を終えた時、朔也は人差し指を立てる。

「葛葉さんの方。俺、電車の中で言ってた賀茂くんの言葉がずっと気になっててさ」

僕の言葉？　と澪人は小首を傾げる。

「ほら、葛葉さんは能力は高いけど、出世したくないらしいって話をしてくれた時に、賀茂くんこう言ってたじゃん」

朔也は、澪人との会話を振り返って口にする。


『出世したら中間管理職になるようなもんで、指示することの方が多くなるんや。彼は気力、体力があるうちは、現場で働いていたいて思てるそうや』

『その気持ち分かるなぁ。俺も指示する側よりも自分で動きたい、って思うし……。彼、ちょっと俺と似たところがある気がする』

『ほんまやね。そもそもの動機とか一緒やし』


「あの、『動機が一緒』ってなんのこと？」

食い気味に訊ねる朔也に、澪人は少しのけ反りながら「ああ」と口を開く。

「そのまんまや。三善君が除霊師になったんと、葛葉さんが陰陽師になった、動機が同じてことやねん」

同じって？　と皆は思わず、澪人に注目した。

「人外のもんを憎む気持ちや」

ごくり、と朔也の喉が鳴った。

そう、憎しみこそが、朔也が除霊師として活動を始めた動機だった。

かつて朔也は悪質な拝み屋に家族を壊された経験を持つ。その拝み屋の背中には、真っ黒な――良からぬ何かが取り憑いていた。

朔也は溜め込んだ怒りを爆発させて、その黒い影を焼き払ったのだが、家族が元に戻れたわけではなかった。

その後、朔也は、人外を憎み、拝み屋を嫌悪し、良いものも悪いものも関係なく、すべて焼き払ってやりたいと思ってきた。

そのため朔也は、コウメすらも焼き払おうとしたことがある。チームＯＧＭとなった今、コウメとは一応和解したが、コウメは今でも朔也を嫌っていた。

「その葛葉さんという方は、過去に何があったんですか？」

小春が静かに問うと、澪人はゆっくりと話し始める。

「葛葉さんの祖父が組織の陰陽師で、京都にずっと住んだはるんやけど、彼の父親は普通の人やった。父親は就職で東京に出て、仕事先で知り合うた人と結婚して、葛葉さんが生まれたて話や」

皆は黙って澪人の言葉に耳を傾けていた。

「葛葉さんは年に何度か、両親と京都の祖父の家に遊びに来てたそうや。ある年の夏、葛葉さんが十歳の時に、連れていかれてしもた」

愛衣は眉根を寄せる。

「連れていかれるって？」

「いわゆる『神隠し』やな。人外に異界へ引っ張られてしもた。彼の祖父は力のある陰陽師やったけど、歳を取って力を失くしてしもてたようや。組織の本部長から安倍家、ほんでうち、賀茂の分家に至るまで、『孫を連れ戻してほしい』って連絡が来て、大騒ぎになった。まぁ、皆の協力で葛葉さんをこっちの世界に連れ戻すことができたんや。でも、そん時に葛葉さんは怖い思いをようけしはった。人外の奴らに復讐（ふくしゅう）したいと思たらしく、『自分は陰陽師になる』って言うたんやて。ほんで独自に修行を始めたとか」

はーっ、と朔也は息を吐き出す。

「あの人にそんな過去があったんだ。でも、それにしては、大学生になってから入組って少し遅くない？　遠藤さんは十六で入ったってのにさ」

「葛葉さんの祖父は『おまえが大人になるまで同じ気持ちでいたら認めてもいい』て言うたそうや。そやから数えで二十歳、満十九歳で入組したて話や」

なるほど、と皆は揃って納得する。

「でも、葛葉さんは、かつての俺とは違って『憎しみこそが原動力』って感じではなかったように思えるんだよなぁ」

「まぁ、柔らかい雰囲気のお人やさかい。そやけど、それこそ悪霊相手には容赦しいひん。一網打尽やで」

「そういう人だから、出世せずにいつまでも現場にいたいってわけだ」

朔也は、そっかぁ、と洩らし、

「あっ、そうだ、コハちゃん、お願いがあるんだ」

今思い付いたように小春の方を向いた。

なんだろう？　と小春は視線を合わせる。

「三善家の調査をするのにコウメの協力を仰ぎたいんだ。コハちゃんからも口添えをお願いできるかな」

小春が戸惑いがちにうなずくも、その隣で愛衣が露骨に顔をしかめた。

「朔也ってコウメちゃんに超絶嫌われてるんだよね？　協力してくれるかな」

言いにくいことをサラッと言う愛衣に、「超絶って愛衣ちゃんヒドイ！」と朔也は額に手を当て、小春は思わず笑った。

「分かった。コウメちゃんにお願いしてみるね」

やった、と朔也は拳を握る。

「それじゃあ、本格的に調査開始だね」

「私にも手伝えることがあったら言ってくださいね」

「あっ、私も」

すかさず続ける小春と愛衣に、おおきに、と澪人は嬉しそうに微笑んだ。

三

伏見——中書島駅から少し歩くと白い壁に瓦屋根の酒蔵が印象的な酒造会社『三善酒造』がある。酒蔵のイメージを残しつつ、近代的でおしゃれなスーベニアショップもあり、観光客の評判も良い。

朔也が住む家は、三善酒造の敷地内にあった。酒蔵と同じ構えで一般住宅としてはかなり大きいが、職人たちの休憩所も兼ねている。

そんな家の二階にある朔也の部屋は、至って普通だ。

フローリングの上に水色のラグマットを敷いている。窓の前に机、壁際にベッド、反対の壁には本棚、部屋の中心には小さなテーブルがあった。テーブルの両サイドには、平べったい水色のクッションを置き、座布団にしている。

その上に狐神・コウメがちょこんと座り、険しい表情を浮かべていた。

「本当に来てくれてありがとう、コウメ」

朔也は、ぺこりと頭を下げた。

少し開いているドアの前では姉の八雲が「可愛いぃ、尊い」と悶えている。

朔也はあらためて、コウメの姿を見た。

丸い顔と体に三つの尾、真っ白でもふもふとした毛の中にのぞくクリッとした目。

いつもは愛らしいその瞳も、今だけは不機嫌そうに吊り上がっている。

「いやー、コハちゃんたちはコウメを柴犬みたいって言ってたけど、実際はポメラニアンだよね。ポメが『がるるる』って唸ってる顔にそっくりだ」

ぷぷっと笑う朔也に、コウメはさらに『がるる』と毛を逆立てて、帰ろうと立ち上がる。

「あー、ごめんごめん。可愛いって言いたかったんだよう。コウメ、いや、コウメさま。どうかワタシのお願いを聞いていただけますか」

五体投地をするようにして懇願する朔也に、コウメは動きを止めて、仕方ないな、という様子で息をつく。

で、これから自分は何を？　と視線を合わせた。

「あ、うん。これから、三善家の除霊師が集まる会があるんだ。ほら、俺、組織から招集を受けたから、話を聞きたいって前々から言われていてね。集まってきた除霊師たちに俺が色々質問をするから、彼らが嘘をついている、と思った時は合図してもらいたいんだよ」

合図って？　とコウメは小首を傾げる。

「そうだね。前足を一回上げて、振り落とすようにトンッて床を叩く感じで」

こう？　とコウメは朔也に肉球を見せるように前足を上げて、トンッと下に落とす。

その愛らしい様子に朔也と八雲は口に手を当て、「うん……、そう」と悶えながら、答える。

「で、姉ちゃんはさっきからそこでなんなの？」

朔也は、ドアの前にしゃがみこんでいる八雲に一瞥をくれた。

八雲は慌てたように立ち上がろうとする。朔也はすかさず身を乗り出した。

「あー、姉ちゃん、そんなに急いで動かなくていいよ。身重なんだから」

大丈夫よ、と八雲は笑って立ち上がる。

「呼びに来たのよ。少し早いけど除霊師さんたち、一階の広間にもう揃ってるわよ」

「えっ、もう。約束の時間の三十分前だけど」

「みんな、あんたの話を早く聞きたくて、待ちきれないのよ。なんたって、憧れの『組織に所属している陰陽師』なんだから」

そっかぁ、と朔也はうなずき、コウメに耳打ちをする。

「まぁ、こういうことなんだ。俺もかつてはそうだったけど三善家の除霊師たちは、組織の陰陽師に尊敬と畏怖の念を持っている。みんなあわよくば自分も招集されたいんだ。そのために何か画策していてもおかしくない。それが『良いこと』ならいいんだけど、裏目に出たらなんにもならないわけだしね。ほんとは今回の仕事、人の心を読めるコハちゃんにお願いしようかと思ったんだけど、ちょっと心身に負担かけすぎちゃう気もしてさ」

そういうことなら仕方ない、とコウメは三つの尾を揺らして、うなずく。

「それじゃあ、行こうか、コウメ！」

立ち上がった朔也に、コウメは不服そうに一瞥をくれる。

「あ、さーせん。コウメさま」

やれやれ、という様子でコウメは立ち上がった。

朔也は部屋を出て、先陣を切って歩く。

コウメはその後に続き、さらにその後ろで「三つのふさふさの尻尾がふわふわ揺れてる。たまらない」と八雲が口に手を当てていた。

一階の広間の襖を開けると、二十代から四十代までの男女が十数人、並んで座っていた。

朔也と共に部屋に入ってきたコウメの姿に驚き、目を丸くした者もいれば、コウメの姿がまったく見えていない者もいる。見えない者がインチキというわけではない。除霊師の中には、人ならざる者を目視できない人もいる。目には見えないけれど、感じる者もいれば、何も分からないけれど、祓う能力に長けている者もいるのだ。

だが、せっかくのチャンスだ。ここで、コウメの姿が見えている者と見えていない者を把握した方がいいかもしれない。

そう思った朔也は、皆の前に座りながら、小声でつぶやく。

「あの、コウメさま。さっきの合図を一度試してもらってもいいですか？」

朔也の囁きにコウメは、うん、とうなずいて前足をスッと上げて畳にタンッと叩きつける。

その姿が見えている者は、何かしらの反応を示した。はうっと口に手を当てる者、強面だったが急に目尻を下げる者、たまらん、と床に額をつける者。

「……この方の今の動きが見えた方は、せーの、で同じようにしてみてください」

朔也がそう言うと、コウメの姿が見えない者たちは、「なんのこと？」と目を泳がせる。

朔也が「せーのっ」と言うと目視できた者たちは片手を上げてから振り下ろした。

それは全体の三分の一ほどであり、これだけしかいなかったんだ、と朔也は苦笑する。

ありがとうございました、と朔也はお辞儀をしてから、コウメに目を落とした。

「俺の隣には、龍神の加護を受けた狐神様が座っています。この会に立ち合ってくれることになりました。よろしくお願いします」

紹介を受けたコウメは、ぺこりと頭を下げる。

皆は思い思いにお辞儀を返す。

「まず、みんな、俺に聞きたいことがたくさんあるってことだから、質問を受けようと思うんだけど……」

朔也がそう言うと、皆は競うようにして挙手をした。

主だった質問は、どういう経緯で組織から招集を受けたのか、本部はどういうところなのか、どんなことをするのかといったものだ。

朔也は、澪人との出会いから、スカウトされた流れ、お披露目会でのことを面白おかしく話して聞かせる。

皆は楽しく話を聞いていたが、最後の質問で緊張が走った。

「あの、自分たちも組織から招集を受ける可能性はあるのでしょうか？」

それは皆の希望でもある。

朔也は笑顔で答えた。

「それはもちろん、あると思うよ。でも、どうやったらいいかって方法は正直言って分からない。これればかりは、縁でもあると思うんだ」

その言葉にコウメも、うんうん、と同意している。

てっきり朔也から具体的なアドバイスをもらえると期待していた面々は、そうですか、と少し残念そうな表情を見せていた。

「役に立たなくてごめんね。俺からも質問があって、三善家運営の『不思議サイト』で、心霊スポットめぐりをしようとしている人に、丁寧にアドバイスしてくれてる人がいるんだけど、それってみんなのうちの誰かだったりする？　自分だって人は挙手してほしいな」

朔也がそう言うも、誰も挙手しない。

コウメは皆を見回し、嘘はついてない、と朔也を見上げた。

「あ、そうなんだ……」

朔也が拍子抜けしたように洩らした時、「あの」と一番後ろに座っていた者が手を挙げた。彼は霊力の強い三十代の男性だ。

強面だが、コウメを前にした時は頬を緩ませていた。

「その人のことは知らないんですが、最近、心霊スポットに遊び半分で行く者たちが多いので、我々は勝手にパトロールをしていたんです。その時に同じ者を何度も見たんですよ。とても奇妙な男で、狐の面をかぶっていまして……」

あー、と朔也は額に手を当てる。

「それって、狩衣（かりぎぬ）に烏帽子（えぼし）で『きえええ』とか言ってる配信者でしょう？」

いえ、と彼は首を横に振る。

「その者も見たことがありますが、自分が見たのは別の人間です。普通にジーンズにジャンパー姿で黒い狐の面をかぶって、ぶつぶつと祝詞（のりと）を唱えながら山道を歩いているんです。注意をしようと思ったんですが、とても強い霊力を感じて、気圧（けお）されて動けませんでした。彼は、何かを探しているようだったんですよね……」

「黒い狐の面をかぶって、何かを探している……」

朔也は顔をしかめて、腕を組む。

もしかしたら、『心霊スポットに行く時は面をつけろ』と桑原たちにアドバイスをしたのは、その男かもしれない。

四

同じ頃、小春、澪人、千歳は、堀川通（ほりかわどおり）を北へ向かって歩いていた。

小春はクリーム色のニットにブラウンのスカート、澪人はジャケットにジーンズ、千歳はフード付きのトレーナーにコーデュロイのハーフパンツ。真っ白い髪が目立たないようにとキャップをかぶっている。

千歳のすぐ後ろには、三毛猫のコマが尻尾を揺らしながら、悠々と歩いていた。

「緊張する……」

小春と澪人の間を歩く千歳は、胸に手を当てて、大きく息を吐き出した。彼の真っ白な肌がさらに蒼白となっている。

大丈夫だよ、と小春は微笑み、コマも千歳の足に前足を当てた。

「安倍さんは、とても良い人だから」

「小春さん、コマ……」

千歳は救われたように顔を上げる。

続けて、澪人が「そうやで」とうなずいた。

「公生さんは、あなたに会えるのを楽しみにしたはりましたし」

千歳は、澪人に一瞥をくれて、口を尖らせた。

「どうせなら、小春さんと二人きりが良かったな」

「残念やけど、元々僕の用事のついでやし」

さらりと言う澪人に、そうでしたね、と千歳は肩をすくめる。

先日澪人は、白い陶器の中に入っていた霊符を本部長に確認してもらった。

その際、本部長はこう言ったという。

『この霊符、魔除けのもんやてことは分かるんやけど、わたしも見覚えがあらへん。たしかにえらい力はあるもんやなぁ。そうや、あの人に見てもろたらどうやろ。こういうのん詳しいさかい』

本部長が言った『あの人』とは、由里子の大伯父で、直系ではないが現在、安倍家で一番の実力者と囁かれる安倍公生のことだった。こうした流れで、彼の家へ向かっているところだ。

千歳が同行しているのは、せっかくだからと澪人が誘ったからである。

「由里子さんも来られたら良かったですよね」

由里子にも声を掛けたのだが、模試があるという。彼女は獣医学部のある大学を受験するために今は猛勉強に入っていて、しばらく、OGMの活動は休むと言っていた。

「まぁ、仕方あらへん。将来に向けての勉強は大事やさかい」

「そうですね。私も、将来のことを考えないと……」

「とりあえず、大学部へ進学やろ？」

「そうなんですけど、由里子さんみたく進学してから、あっちの大学が良かったってならないように、ちゃんと考えないとと思ってしまいまして」

「たしかにそうやね。僕もほんまに将来について考えな」

千歳はぽかんとして、澪人を見上げた。

「澪人さんは、組織を背負っていくんじゃないんですか？」

「もちろん、組織の仕事は続けるけど、あれは裏の仕事やねん」

「なんだか、あなたが普通の仕事をしてる姿って想像つかない」

独り言のように言った千歳に、澪人は額に手を当てる。

「それ、みんなに同じことを言われるし」

小春は口に手を当てて、小さく笑った。

一条通を越したところで、澪人は足を止める。

「西に曲がったら安倍さん家やけど、その前に晴明神社を詣ろか」

はい、と小春と千歳は張り切って答える。

少し歩くと、狛犬と石造りの鳥居が目に入った。鳥居の中心には『五芒星』が描かれた額が掲げられている。三人は鳥居を前に一礼して、境内に足を踏み入れた。

「千歳くんは、来たことあるんだよね？」

「うん、引っ越してすぐ、挨拶にも来たよ」

「近所やて話やし、今は氏神様やな」

五芒星が掲げられた鳥居のすぐ左側に、小さな橋がある。

それは曰くつきの橋と噂された『一條戻橋』の復元であり、縮小版だ。

少し進むと再び鳥居があり、『晴明社』と書かれた額が掲げられていた。

「ここに来るのは久しぶり……」

境内は相変わらずだ。五芒星で溢れていて、若い女性の姿も多い。

三人は手水舎で手と口を清めて、本殿を参拝した。

「さて、行こうか」

と本殿を後にしようとした時、千歳が足を止めた。

「ここの土地柄なのか、霊力のある人たちが来るんだね」

小春と澪人は、千歳の視線の先に目を向けた。

「霊力のある人たち？」

ここから結構離れた、鳥居の入口に二人組の男性の姿があった。

あんな遠くの人の霊力をキャッチできるんだ、と小春は思わず感心する。

澪人は、ぱちりと目を瞬かせた。

「葛葉さんと遠藤君や」

「えっ、前に言っていた組織の人ですか？」

「そう、眼鏡の方が葛葉久義さん、前髪長い方が遠藤卓君やねん」

小春は驚きながら目を凝らす。

ウェーブがかった薄茶の髪に眼鏡をかけた優しい雰囲気の青年・葛葉久義と、長めの前髪にそばかすが印象的な青年・遠藤卓が語らいながら歩いている。

彼らもこちらに気付いたようで、笑顔を向けた。

遠藤に至っては顔を明るくさせながら、勢いよく駆けてくる。

荷物を両手に持ちながら、必死に走る様子は大好きな人を見付けた子犬のようだ。

「頭！」

頭？　と周囲の者たちが注目し、澪人は苦笑しながら口の前に人差し指を立てた。

「あ、すみません、澪人さん。思いがけずお会いできて嬉しいです」

遠藤の様子から、澪人に心酔しているのが伝わってくる。もしかしたら、長めの前髪は澪人を真似ているのかもしれない。また、その口調から彼が関西の人間ではないことも感じられた。

「遠藤君は、葛葉さんと一緒やったんやね」

「あ、はい」

「思えば二人はいつも一緒やね」

澪人がそう言うと、後からやってきた葛葉が「こんにちは」とお辞儀をする。

両手に荷物を持っている遠藤に対し、彼は手ぶらで身軽そうだ。

二人とも、強いエネルギーを持っているのが感じられた。

「遠藤君は、遠縁で幼馴染みなんですよ。自分も弟のように思っていて。兄弟みたいなものですね」

遠藤は葛葉の一歩後ろで「兄弟だなんて」と照れたようにしている。

朔也のお披露目会で、遠藤が難癖をつけた際、澪人の怒りを前に硬直してしまった遠藤に対し、助け船を出したのが葛葉だったという話だ。本当に親しいのだろう。とはいえ、兄弟というより、師弟関係のように見える、と小春はぼんやりと思う。

「そうやったんやね。二人が親戚なんは知らへんかった」

「組織では、余程仲良くならないと、プライベートな話をしませんしね」

「ほんまやね。で、今日は晴明神社を参拝に？」

「ええ、今日ここに来たら、なんだか良いことが起こる気がしていたんですが……」

と、葛葉は、千歳に目を向ける。

「まさにですね。まさか噂の御方にお会いできるとは思いませんでした」

葛葉は片膝を立てて座り、千歳とコマを見た。

「はじめまして、葛葉久義と申します。よろしくお見知りおきを……」

猫ちゃんも、と続けた葛葉に、コマは満足そうに胸を張り、千歳は「藤原千歳です、よろしくお願いします」とぎこちなく会釈する。

「千歳くんも三善さんのように力を内に秘めた方なんですね。でも、こうして近くにいると、大きなエネルギーを感じさせる。本当に素晴らしい」

千歳はほんのり頰を赤らめた。

「ぜひ、今度、そのお力をお借りしたいです」

その言葉が嬉しかったようで、千歳は「僕で良かったら」と顔を明るくさせた。

「千歳くんは、澪人さんに出会えて良かったですね」

「えっ？」

「うちの頭は本当に素晴らしい御方です」

すると千歳の綻んでいた表情がスッと真顔になった。面白くなさそうに目をそらしながら、ええ、と答える。

葛葉はそっと体を起こし、今度は小春に目を向ける。

小春はすぐにお辞儀をした。

「はじめまして、櫻井小春です。よろしくお願いいたします」

「小春さんとは、澪人さんの祝いの席でお目に掛かったことがあるんですよ。あらためてお会いできて嬉しいです、現代の斎王様」

「『現代の斎王様』だなんて、そんなっ」

目を泳がせていると葛葉は愉しげに笑い、ジッと小春の目を見詰めた。

小春は今、人の心を読まないよう制御している。

だから葛葉の考えは分からないが、その真っ直ぐな瞳からは伝わってくるものがあった。何か、確かめられている感じがする。

それは決して値踏みではなく、もっと切実な何かだった。

「以前よりも美しくなられている……やはり恋の影響でしょうか？」

葛葉がぽつりと独り言のように洩らすと、隣に立っていた遠藤が慌てて窘めた。

「葛葉さん、それは問題発言ですよ」

あっ、と葛葉は口に手を当てる。

「これは、つい。美しくなられたというのは、外見的な意味だけではなく、あなたの身に纏うオーラのようなものを言っていまして。いや、これも問題発言ですね」

すみません、と葛葉はしゅんとしながら頭を下げる。

小春は、いえいえ、と首を振る。

今の言葉は本当に独り言が洩れ出ただけという感じで、不快には思わなかったからだ。

「いやはや、失礼しました。実は羨ましかったんです」

羨ましい？　と小春は訊き返す。

「自分はもう二十三になったというのに恋というものをしたことがないんです。このままでは恋を知らずに、タイムリミットを迎えてしまう……」

最後は独り言のようにつぶやいて、葛葉は遠い目を見せた。

遠藤は何も言わず、切なげな表情を浮かべている。

タイムリミットとはどういうことだろう？

小春、澪人、千歳は、思わず顔を見合わせた。

葛葉は我に返ったようにはにかんで、手を合わせる。

「重ね重ねすみません。お休みのところ失礼しました。それじゃあ、参拝に行こうか、遠藤君」

「はい」

遠藤はホッとした様子でうなずく。

「ほんなら、葛葉さん、遠藤君、また」

そう言って会釈した澪人に続いて、小春と千歳もお辞儀をし、コマと共に境内を後にした。


「葛葉さんって、少し不思議な雰囲気の方ですね」

そう言った小春に、千歳も「うん」とうなずく。

「なんか自分の世界に入っちゃってる感じが、澪人さんっぽかったね」

自分の世界て……、と澪人は苦笑する。

「そして、気品がある人でしたよね」

と、小春はつぶやいた。

澪人とは違う、柔らかな気品があったのだ。

「あの人ん家は、古くから続く名家で、ええとこのお坊ちゃんて話や」

なるほど、と小春は納得する。

「たしか、葛葉さんのお祖父さんが、高名な陰陽師だったんですよね？」

「そうやね。ほんで、本部長と親しかったそうや」

へぇ、と小春は洩らし、本部長といえば、と続けた。

「霊符の件ですけど、本部長が安倍さんに見てもらうようにと言ったのが、少し意外でした」

組織のトップや見識者は、たとえ自分が分からなくても、分かっている振りをし、他を頼るのを嫌うイメージがあったのだ。

「意外なことあらへんよ。本部長は、自分にできひんことや、分からへんことは、どんどん得意な人の力を借りていこうってスタイルやし。自分にできることがあれば、できひんこともある。それが当たり前て考えなんや」

小春は、ふふっと笑う。

「なんだか、宗次朗さんもそういうこと言いそう」

「ほんまや。思えばあの二人、ちょっと似たところがあるし。普段は、ゆるゆるで人をからかうのが好きなとことか」

二人が自分をからかってくる姿を思い浮かべたのか、澪人はほんの少し眉を顰める。

その顔を見て、小春は笑った。

「得意な人の力を借りていくっていうのは、相手の能力を尊敬していて認めているからこそ、信じて託すってことですよね。自分ができる時はしっかり力になるわけで。そうやってお互いをサポートしあっていくって素敵なことですね」

そうやね……、と澪人は目を伏せた。

「僕はかつて、なんでも自分一人で背負ってしもてたところがあるんやけど、宗次朗さんや本部長と関わるようになって、変わってきた気ぃしますし」

そうですね、と小春はうなずく。

「澪人さん、変わったと思います。すごく軽やかになったと思いますよ」

「ほんま？」

二人が見詰め合っていると、真ん中を歩いていた千歳が咳払いをした。

「隙あらばイチャイチャするのやめてくれないかな。もしかしてわざとやってる？」

「わざとなんて、そんな」

「そやねん、今のどこがイチャイチャやねん」

「そういうのいいから。それより、家はどの辺り？　まったく気配を感じないけど、迷ってないよね？」

千歳はイライラしたように周囲を見回す。

小春と澪人は足を止めて、小さな門に目を向けた。

『安倍』という表札が掲げられているのに、注意深く確認しないとそれが目に入らないような存在感のなさだ。

え……と、千歳は呆然と目を見開く。コマも驚いた様子だ。

「ここが？」

「強力な結界で気配を感じさせへん。あなたと同じや」

澪人はそう言ってインターホンを押した。

すぐに、どうぞ～、と男性の明るい声が返ってくる。

三人は小さな門を潜る。その先の道は、鰻の寝床だった。

小径を抜けると、広い庭に出る。

池に鹿威し、花々が美しく咲き誇る和風庭園が見えた。そこに溶け込むように古めかしい平屋の和風邸宅があった。玄関の引き戸の上に、五芒星が掲げられている。

「本当だ。門、小径、庭、家……あちこちに魔除けのまじないが施されている」

千歳は感心したようにつぶやいて、キャップを脱ぎ、深呼吸をした。

「まさに隠れ家って感じだよね」

小春の問いかけに、千歳は「うん」とはにかんだ。

すぐに引き戸が開いて、作務衣姿の初老の男性が姿を現わした。黒々とした髪に黒縁の眼鏡をかけていて、眼鏡の奥の目が柔らかく細められている。

彼が、安倍公生だ。

「お邪魔します」

小春、澪人、千歳は揃ってお辞儀をした。

「おお、いらっしゃい」

公生は微笑んで、千歳の前にしゃがみ込む。

「君が千歳くん。よう来はりました。お目にかかれて光栄や。猫ちゃんも歓迎やで」

手放しで歓迎する公生を前に、千歳は戸惑い、目を泳がせる。

「ほな、入ってください。今日は妻の紅緒が留守にしてるさかい、なんのお構いもできひんのやけど」

いえいえ、と三人は揃って首を振り、もう一度「お邪魔します」と会釈をして、家の中に足を踏み入れた。

客間の和室に通され、着席すると、小春は紙袋の中から菓子折りを出す。

「手前味噌のようですが、叔父の店のお菓子なんです。食べるまで冷蔵庫に入れておいてください」

「噂の宗次朗君の和菓子やな。おおきに、こら楽しみや」

公生は嬉しそうに菓子折りを受け取って、いそいそと客間から出て行く。

ややあって、お盆を手に戻ってきた。

「あの『和栗のモンブラン』て、めっちゃ美味しそうやなぁ。今、うちには煎餅くらいしかあらへんし、『おもたせで失礼ですが』言うてもろたお菓子を出そうて思てたんやけど、見てみたら、なんや美味しそうやし、強いエネルギー感じるし、こら紅緒と食べなあかんやつや思たわ。そんなわけで、煎餅で勘弁やで」

公生はそう言って、湯呑と煎餅が入った菓子皿をテーブルの上に置く。

三人は思わず肩を震わせて小さく笑った。

「ほんで、千歳くんはもうこっちの学校に通ってはるんやろか」

千歳はこくりとうなずく。

「はい、学徳学園の初等部に……」

そうやった、と公生は思い出したように顔を上げる。

「由里子から学徳やて聞いてたんや。困ったことはあらしませんか？」

「大丈夫です。あの、僕に敬語はやめていただけると……」

「ああ、そらかんにん」と、公生は笑う。

「千歳くん、何かあったらいつでもうちに来るんやで。うちは算盤教室をやってるんやけど、特別な力を持った子も結構いてて、そういう子は、時々霊障に遭(お)うて情緒が不安定になるさかい、祓(はら)ったり、対処法を教えたりしてるんや」

話を聞きながら、小春は思わず少しだけ身を乗り出した。

「対処法って、どんなふうにですか？」

「イメージ法やね。自分の周りに竜巻を作る、つまり自分が小さな台風の目の中にいるのを思い浮かべるんや。そうすると、良からぬものを跳ね返せる」

千歳は、なるほど、と納得した顔を見せる。

「自分の気を螺旋(らせん)状に回転させるってことですよね」

そう言うと千歳は目を瞑(つむ)る。イメージをしたのだろう。即座に千歳の周りに円陣ができて、それが竜巻のように回転した。

小春たちとコマは風圧のようなものを感じて、思わず身を反らせる。

さすがや、と澪人は洩(も)らし、小春は、うんうん、とうなずく。コマは誇らしげだ。

公生は、大したもんやなぁ、と感心した。

「元々、力があるのもそうやけど、スッとイメージできるのも大事なことやで」

「イメージできない人もいるんですか？」

思い浮かべるだけではないか、という様子で問う千歳に、公生は苦笑した。

「そやねん。『自分の周りに竜巻』とか『小さな台風の目の中にいる』って言うても、それを想像するのが難しいて子もいてる。頭では分かってても上手（うま）くイメージできひん子も多いんや」

話を聞きながら、小春は黙って相槌（あいづち）をうつ。

たしかに、いきなり『自分の身を螺旋の中心に置く』といった起こりえないことをイメージしろと言われても、思い浮かべられない人がいるのは無理もないだろう。

「そういう場合は、どうやって教えているんですか？」

小春が訊（たず）ねると、公生はニッと笑う。

「まず、子どもたちに独楽（こま）遊びをさせるんや」

丸まっていたコマがむくりと上体を起こす。千歳の方を向いて、遊ぶの？　と顔を向ける。千歳は小さく笑いながら、コマのことじゃないよ、と額を撫（な）でた。

「独楽って、あのおもちゃの独楽ですか？」

小春は独楽回しの手ぶりをしながら訊ねる。

「そうや、あの独楽や」

そう言って公生は立ち上がり、和箪笥（だんす）の引き出しを開け、箱を取り出した。

その中には独楽やけん玉、メンコといった昔ながらの玩具（おもちゃ）が入っている。

独楽は色とりどりで鮮やかだ。

「まず、子どもたちにこうやって見せるんや」

公生はするすると独楽に紐を巻いて、手早く糸を引き、空中で回転した独楽を掌の上に載せる。掌の上で回転する独楽を見て、千歳と澪人とコマは、おおっ、と目を見開いた。小春はにこにこと微笑んでいる。

「すごい、掌の上で独楽を回せるなんて」

感心する千歳を前に、公生は笑いながら頭に手を当てた。

「ま、これは上級者向けやな。普通は板の間やテーブルの上で回すんやけど、子どもたちの前でこれをやったら、みんなびっくりしてくれて気分がええねん。そやけど、小春さんは、びっくりしぃひんかったなぁ」

実は、と小春ははにかむ。

「うちのお祖母ちゃんも、そういうのが得意なんですよ」

「そうや、『さくら庵』さんは和雑貨店やったなぁ」

公生が思い出したように言うと、澪人が「吉乃さん、得意そうや」と続けた。

「はい。私も掌の上は無理ですけど、独楽回しはできるんです」

そらええわ、と公生は頬を緩ませる。

「ほんで、子どもたちにも独楽を持たせて遊ばせるんや。最初は苦戦してるんやけど、そのうち上手に回せるようになる。そうしたら、こう伝えてるんや。『自分の胸の真ん中でこの独楽が回っているイメージをするんやで』て」

千歳は、そっか、と納得する。

「魔を振り払う気の螺旋が自分の外側でも内側でも、魔を跳ね返す効力は同じ……」

そやね、と澪人がうなずく。

「むしろ内側で回した方が強いかもしれへん」

「内で起こることは、外に反映されるからね」

「そういうことや。陰陽は、すべて陰がスタートやねん」

「なるほど」

千歳の横で、小春も納得していた。

この世の中は、陰と陽でできている。

陰は、月、女性、目に見えぬものを、陽は、太陽、男性、そして目に見えるものを暗示する。澪人が言った通り、この世は目に見えぬもの、つまり陰から始まるのだ。

『こうしたい』という目に見えぬ想いが先にあって、やがて目に見えるものになる。

分かりやすい例は建物だろう。国によって町並みはまったく違っているのは、そこに住む者たちの想いが、それぞれ違っているからだ。

すべてのスタートは『心』だ。もし、自分の今置かれている環境（外側）を良くしたいのであれば、心（内側）を整えること。

魔を祓う時に、バリアを作りたいならば、自分の体の外側に円陣を作るイメージをするよりも、胸の内で独楽を回転させるイメージをした方が強力だ。

内側のバリアは、必ず外側へと反映される。

「結局、心を強く持てってことだよね」

「ま、そういうことやね」

しみじみと語り合う千歳と澪人の姿を前に、公生は、ははは と笑った。

「千歳くんは、賢いんやなぁ」

露骨に褒められて、千歳は頬を赤らめる。

そうなんです、と澪人が微笑んだ。

「千歳くんは、囲碁も強うて。この前、負けてしまいました」

「あれは、澪人さんが勝手に自爆しただけだよね。普通にやってたら分からないよ」

「そやけど、負けは負けや」

またも愉しげなやりとりをする二人に、小春は頬を緩ませる。

公生はというと、囲碁と聞いて目を輝かせていた。

「千歳くん、碁打つんや？」

「あ、はい」

「そらええわ。たしか家も近くなんやろ。暇な時でええし、囲碁の相手をしに来てくれへんか」

小春が千歳の方を見ると、嬉しそうに頬を赤らめている。

「はい、ぜひ」

小春と澪人は顔を見合わせて、微笑み合う。

彼の許に通うことで、千歳はたくさんのものを得るだろう。

ほんで、と公生は、澪人の方に目を向けた。

「聞きたいことがあるて話やったけど？」

はい、と澪人は鞄からクリアファイルを出してテーブルの上に置いた。その中には紙が挟まっている。白い陶器の中に入っていたという霊符だ。

「僕らにはよう分からへん霊符で、あなたならと――」

千歳も前のめりになって霊符を見た。

「千歳くんは、見たことがある？」

小春が問うと、千歳はふるふると首を振る。

「初めて見た」

「…………」

公生は霊符を手に取り、眼鏡の位置をずらして確認した。

あー、と静かに洩らす。

「これは、安倍家に伝わる古い霊符やな……」

やはり、と澪人は眼差しを強くする。

「魔除けでしょうか？」

「魔除けといえば、魔除けなんやけど、どちらかというと『封印』の札や」

「……封印？」

「捕えたものの、祓えへんもんもあるやろ」

皆は黙って、相槌をうつ。

捕えても、祓えないもの。それは、自分の力では及ばない強大な悪霊や禍々しい神などもそうだ。

「そうしたもんを閉じ込める際に、この霊符を使うんやけど、しかしこれまたほんまに古いもんやな。ちょっと調べるさかい、返事は待ってもろてええ？」

「はい、もちろんです」

おおきに、と澪人は頭を下げて、

「そやけど、封印て……」

静かにつぶやき、押し黙る。

その時だ。家の外からがやがやと賑やかな声が聞こえてきた。

「先生ー、こんにちはぁ」

「いつもより早来たし、遊んでぇ」

「今日こそ、独楽回しマスターするし」

算盤塾の子どもたちだろう。

男の子が二人、女の子が一人、庭に駆け足で入ってくる姿が客間の縁側から見えた。

「かんにん、子どもたちが随分早く来てしもた」

申し訳なさそうに言う公生に、小春と澪人は、いえいえ、と首を振り、子どもたちを眺める。

三人の子どもたちは、普通の人よりも強いエネルギーを纏っていた。

もしかして、と小春が思っていると、その思いを察したように公生はうなずく。

「あの子たちみんな霊力の強い子やねん。あえて、おんなじ教室にしてるんや。人とは違う力を持つと、孤独を感じやすいさかい、仲間がいてたら心強いやろ思て」

普通の人に見えないものが見えたり、感じたりすることができる。そんな特殊能力を羨む稀有な人(愛衣のような)もいるけれど、大抵の場合は理解されない。見えない人の中にいると、自分が異常なのかと、孤独と猜疑心に襲われるものだ。

小春もそうだった。

中学三年の秋に突然能力が発現し、自分はどうかなってしまったのだろう、と苦しんだ。あの時の苦悩が嘘のように、今は楽しい毎日を送っている。

側に理解してくれる友人、そして同じ能力と悩みを持つ仲間がいるからだ。

あの子たちも、同じ力を持つ友人が側にいて、心強いに違いない。

「ほんでも、その一方で不思議な力を持っていることが当たり前になるのもあかんし、そのバランスが難しいとこなんやけど」

よいしょ、と公生は体を起こす。

たしかにいつも霊感の強い人たちと一緒にいたら、世間とのずれが生じるだろう。

そや、と千歳を見た。

「教室が始まる前に、いっつも遊ぶんやけど、千歳くんも行こか」

えっ、と千歳は戸惑ったように目を泳がせる。

いきなり知らない子たちと遊べと言われても、萎縮してしまうだろう。その気持ちが小春にはよく分かった。

「千歳くん、私も行くから、一緒に遊んでみようか」

そう言うと千歳はほんのり頬を赤らめて、こくりとうなずく。

「ほな、行こか」

公生と一緒に、小春、千歳、澪人、コマは庭に出た。

すると子どもたちが顔を明るくさせて、コマを見る。

「うわっ、すごい、猫の精霊や」

「可愛いね」

「この子、君の友達なん？」

少年たちはコマの隣に立つ千歳を見て訊ねる。

「あ、うん……友達」

千歳がぎこちなく答えると、皆は「そうなんだぁ」と微笑む。

「でも、この子、普通の人には見えへんのやなぁ」

「そうだよ。うっかりたくさんの人の前で、この猫の頭撫でてたら、まるでパントマイムする人だよ。気をつけないと」

「なら、パントマイムしてるって言えばええんやない？」

ほんまやな、と言い合う三人に、小春は頬を緩ませる。

「みんな、潑溂としていて良い子たちですね」

そうやろ、と公生はどこか誇らしげに言う。

「そやけど、三人とも学校には通えてへんのや。普通の生活がしんどいんやなぁ」

その言葉に千歳は、言葉を詰まらせた。

小春も胸が詰まったが、あえて明るく話しかける。

「みんな、はじめまして、櫻井小春です」

小春はそう言った後、そっと千歳の背中に手を当てた。千歳はぎこちなく会釈して、口を開く。

「藤原千歳です」

子どもたちは弾かれたように立ち上がって、順に挨拶をした。

「俺は、剛士。大阪から来てん」

「僕は、透といいます。家はこの近所です」

「うちは、寿々。うちの家も近所なんや」

剛士は体格が大きく、透は細身、寿々という少女はボブカットでおませな印象だ。

「お姉さんは、関東の人なん？」

寿々に問われて小春は、うん、と柔らかく目を細める。

「東京から来てね、今は祇園のお祖母ちゃんの家にいるの」

そう言うと、三人は「祇園！」と目を輝かせる。

「お祖母ちゃんの家は和雑貨店なの。祇園に来た時は、遊びに来てね」

子どもたちは跳ねるように反応する。

「行く行く！」

「八坂神社、行ったことあります」

「祇園に遊びに行きたい」

そこまで言って、剛士が千歳に目を向ける。

「なぁ、家はどの辺りなん？」

「えっと、僕はこの辺り。最近東京から引っ越してきたばかりだけど」

千歳がそう言うと、皆は「そっかぁ」と応えた。

「それじゃあ、透と一緒やな」

「僕も東京から親の転勤でここに来たんです」

「俺だけ家遠いやん。ま、ええわ。遊ぼう」

手を差し伸べる子どもたちに、千歳は戸惑っているようだ。

「ねっ、私も交ぜて」

小春が片手を上げると、皆は「もちろんや」と答える。

「お姉さん、京都ではなぁ、そういう時、『うちも寄せてぇ』て言うんやで」

「えっ、寄せてって言うんだ……」

そういえばお祖母ちゃんも使っていたかも、と小春が思い返している横で、千歳は顔を綻ばせていた。

もしかしたら、この子たちと仲良くなれるかもしれない、と千歳が思っているのが小春に伝わる。

小春が嬉しく思っていると、隣で澪人がふふっと笑った。

「ほんまや、たしかに、『寄せて』て言うし」

そんな澪人の微笑みに、少年少女は見惚れたようにぽかんと口を開けた。

「なんや、このごっつイケメンの兄ちゃんは」

「俳優みたいですね」

剛士と透がこそこそと話し、寿々がからかうような視線を向ける。

「お姉さんの彼氏？」

えっ、と小春が頬を赤らめると、澪人がにこりと微笑んだ。

「そうやで。僕は小春ちゃんの彼氏で、賀茂澪人ていいます。どうぞよろしゅう」

賀茂の名を聞いて、三人は「あー」と納得したように手を打った。

「賀茂の家の人なんや。どうりで、すごいパワーやで」

「納得ですね」

「お姉さんも強そうだし、最強カップル」

わいわいと盛り上がる三人に、やっぱり仲良くなれないかも、と千歳は露骨に顔をしかめる。小春は、まあまあ、となだめ、澪人は素知らぬ顔だ。

その様子を公生が愉しげに見守っていた。

第三章　かりそめの想いと特製あんぱん。

一

安倍家を訪れた帰り、小春と澪人は千歳とコマを家まで送った後、もう一度現場を確認しようと旧幼稚舎を訪れた。

小春は、緑色の屋根に白い壁のカナディアン風の洋館を見上げる。

かつては園児たちの賑（にぎ）やかな声に包まれていた建物だが、使われなくなった今は、とても静かなものだ。

黄昏（たそがれ）時というのもあり、より一層寂しさを感じさせる。

だが、以前のように悪霊が蠢（うごめ）いているということはなく、小春は少しホッとして胸に手を当てた。

「また良くないものが溜（た）まっていたらと心配したんですけど、大丈夫みたいですね」

そうやね、と澪人も建物に目を向けながら答える。

「まぁ、浮遊霊は少しいてるみたいやけど」

「無人の建物なら仕方ないですよ」

と、小春は苦笑する。

害のない霊や想念はどこにでも存在するものだ。特に誰もいないところや、部屋の隅に集まりやすい。以前、宗次朗が、心霊を埃(ほこり)に譬(たと)えていたが、まさにだろう。

「澪人さん、霊符はどの辺りに埋まっていたんですか？」

考え込むような顔を見せていた澪人だが、小春に問われて我に返ったように組んでいた腕をほどく。

「四隅やねん」

旧幼稚舎の敷地は長方形であり、塀に囲まれている。霊符は敷地の四つ角に各々(おのおの)埋められていた、と澪人は場所を指しながら説明した。

埋められていた霊符の効果は『封印』だと安倍公生は言っていた。

「……でも、封印しなければならないような、力を持つ霊はいなかったですよね」

ここにはたくさんの霊が溜まっていた。集まることでそれなりに強く大きくなっていたが、封印の霊符を使うほどではない。

「そうなんや。もしかしたら、あれだけやなくて、まだなんか隠されてるかもしれへん。それで確認したいて思たんや」

「澪人さんは、ここの鍵をまだ学長から預かったままなんですか?」

「もう返してしもた。けど、桑原さんたちのDMによると裏手から侵入しやすいて話やし。学長には後で報告しとくつもりや。かんにんやけど、小春ちゃんは先帰っててくれへん?」

まだ陽も沈んでへんし今のうちに、と続ける澪人に、小春は首を横に振った。

「私も確認したいです」

「ほんなら、僕の側にいて離れへんように」

「はい」

二人は敷地に入り、建物の裏手へ回る。

DMに書かれていた通り、裏側の窓の鍵が壊れていて、侵入は簡単だった。

長い廊下に夕陽が差し込み、宙を漂う埃に当たって光って見える。

人の住まなくなった建物には寂しさだけではなく、独特の美しさがあるものだ。

とりあえず、石や面が隠されていた靴箱や掃除用具箱を確認したが、今となっては何もなくなっている。

「恐ろしい気配はないですね……」

「ほんまやね」

「封じるという話を聞いた時、私、東京での事件を思い出してしまったんです……」

良からぬことを画策していた『凶星』は、禍津日神を日比谷神社の地下に封じ込めていた。

「あの時も、同じ霊符が使われていたのでしょうか？」

いえ、と澪人は首を振った。

「あん時は、瀬織津姫様のお力と祈禱で封印してたはずや」

「そっか、千歳くんもあの霊符は初めて見たって言ってましたもんね」

あの言葉に嘘はなかったように思える。

「凶星のリーダーやった川瀬さんがまた何か始める可能性はあるて思う。そやけど、今回の件は、また別もんのような気ぃしてるんや」

「ですよね。私も違うような気はしていたんですけど、封印と聞いて、ちょっと思い出してしまって……」

少しホッとして小春は胸に手を当てる。一拍置いて、でも、と続けた。

「あらためて、ここで封印って、ちょっと奇妙ですよね。小さな霊たちを集めて閉じ込めているって感じで……」

小春が独り言のようにつぶやきながら建物を見回していると、澪人の肩がぴくりと震えたのが分かった。

どうしたのだろう、と澪人の方を向くと、その顔は蒼白になっていた。

「そうや、そういうことなんや」

澪人の声が微かに震えていた。

「澪人さん、何か分かったんですか？」

「……ここに集められた小さな霊たちは、互いを食い合って大きなってた。あん時はきっと一番欲望の強かった霊が勝って、主になったんや」

天井に着くほど巨大になっていた悪霊の姿を思い出し、小春は思わず自分の身体を抱き締める。

「この現象、何かに似てると思わへん？」

澪人にそう問われて、小春は眉間に皺を寄せて考える。

一つの器に小さなものを入れて、共食いをさせる――。

あっ、と小春は口に手を当てる。

「蠱毒？」

蠱毒とは、古から伝わる禁忌の術だ。

壺に何種類もの虫を閉じ込め、最後の一匹になるまで共食いをさせる。

最後に生き残った一匹は、相手を殺すための毒に使うというものだ。

蠱毒は、主に虫を指すが、蛇や他の動物を用いたこともあったという。

そうや、と澪人は忌々しそうに奥歯を噛んだ。

「霊能力者は、ここに小さな霊を集めて閉じ込めた。ほんで互いを食い合わせ、大きな化け物を作り出そうとしたんや」

自分たちが見付け、除霊をしていなければ、あの悪霊はさらに大きく、禍々しいものになっていただろう。小春の背筋が寒くなる。

「なんのために……」

「それは分からへん。そやけど、間違いなく良からぬ何かを画策してたんやろ」

今は、禍々しい気配は何もない。清浄な空気に包まれている。

「阻止できて良かったですね」

安堵の気持ちが募り、小春は心の底から言う。だが、澪人は浮かない表情のままだ。

小春は心配になって、彼の腕に手を触れる。

「澪人さん、どうかしました……？」

かんにん、と澪人はすぐに目を弓なりに細めた。

「他の場所で同じことを始めなければええなて」

本当ですね、と小春が目を伏せた時、澪人のポケットの中でスマホが振動した。

澪人は、失礼、とスマホを取り出す。

確認すると朔也からの着信で、「はい」と澪人は電話に出た。

『あ、賀茂くん。今話せるかな』

「大丈夫やで」

澪人はすぐに通話をスピーカーに変えて、小春にも聞こえるようにした。

『三善家の除霊師から、ちょっと気になる話を聞くことができたんだ』

うん、と澪人は相槌（あいづち）をうち、次の言葉を待つ。

『三善家の除霊師も動画配信者が心霊スポットを突撃している様子を見て、懸念していてさ、注意をしようとパトロールしてたんだって。それで巫狐の姿も見掛けたことがあったらしくて』

と、朔也は一気に言い、話を続ける。

『巫狐とは別に、お面をかぶってうろうろしている人を何度か見掛けたらしいんだ。その人からは普通の人にはないエネルギーを感じて、声を掛けられなかった。そして何かを探しているようだったって』

「その人も狐の面を？」

『うん。でも、巫狐とは違って、黒い狐の面をつけていたらしいよ』

「――黒」

澪人はつぶやき、黙り込む。一拍置いて訊（たず）ねた。

「その人は、どういった心霊スポットにいてたんやろ」

心霊スポットと一言でいっても、建物やトンネル、ダムや沼と様々だ。

『それが、見掛けるのは決まって山だって』

山なんや、と澪人は小声で洩らす。

『でさ、俺ちょっと思ったんだけど、囮捜査してもいいかな』

澪人と小春は思わず顔を見合わせる。

「囮捜査て？」

『桑原さんに頼んで、「また石と面を置きました、よろしくお願いします」ってDMしてもらうんだよ。そこに、謎の霊能力者が来たところを呼び止めて聞いてみようかなって』

ふむ、と澪人は顎に手を当てる。

「ええ案やけど、単独はあかん。その時は僕も同行するし」

だめだめ、と朔也が言う。

『もし相手が本物の霊能力者だったら、賀茂くんは霊力が強いから、隠れていても悟られて逃げられちゃうよ』

黙って話を聞いていた小春は、たしかにそうだ、と苦笑した。

『だから、和人さんにお願いしようかと思ってるんだ』

なるほど、と澪人は大きく首を縦に振る。

「そらええわ。兄さんは、ああ見えて機敏やし、男二人やったら心配あらへん」

でしょう、と朔也は得意げに言う。胸を張っている姿が目に浮かぶようだ。

「ほんなら、お願いするし。僕は僕で調べようて思います」

了解、と朔也が答えて、通話を終えた。

澪人はスマホをポケットに入れて、小春を見る。

「ほんなら今日のところは帰ろか」

はい、と小春はうなずき、旧幼稚舎を後にした。

二

「──封印の霊符、ほんで山に現われる黒い狐面の男、蠱毒の可能性……」

京都御所東、西の本部。

後日、澪人からの報告を受けた本部長は、険しい表情で額に手を当てる。

ここは、本部長室だ。

西の本部は和風邸宅だが、本部長室も審神者頭の書斎同様に洋室であり、窓の前にデスク、中央には応接用のソファーとテーブルがある応接室風だった。

本部長はデスクについたまま黙り込み、澪人はソファーに座っていた。

ややあって本部長は、弱ったように頭を掻く。

「実は、気になることがあったんや……」

なんでしょう？　と澪人が問いかけると、本部長はゆっくりと腰を上げて、書棚の前に立った。

腰につけている鍵の束の中から、小さな鍵をひとつ手に取り、書棚の引き出しの鍵穴に差し込んで回す。

引き出しの中から和綴じの冊子を取り出して、振り返った。

その冊子の表紙は黒く、見出しは何も書かれていない。

だが澪人には、それがなんであるか分かっているため、嫌な予感から自然と険しい表情になった。

「それは……」

「『特禁』について書かれてるものや」

特禁とは、『特別禁足地』の略。巷で囁かれている『心霊スポット』は、あくまで一般的なものだ。

だが、絶対に人が足を踏み入れてはならない場所、というのが存在する。

その場所が記された冊子であり、審神者以上の人間にしか閲覧できない。

また、たとえ審神者でも、閲覧する際は本部長の許可と立ち合いが必要とされている、まさに門外不出の冊子だった。

「これを誰かが見た形跡があるんや」

澪人は顔色を変えた。

「形跡て……」

いや、と本部長は手をかざす。

「なんの証拠もあらへん。鍵を盗まれたり、こじ開けられたりした形跡もあらへんし、冊子に挟んだ一本の髪の毛もそのままや。ほんで冊子には術を施してて、誰かが触ったらわたしが分かるかたちにしてる。その術が発動した様子もあらへん。そやけど、なんや気持ち悪いんや」

万全の対策を整えていて、誰かが見たという証拠は何一つない。

だが、見られた気がする、という本部長の勘だ。

外の世なら一笑に付して終わるところだが、ここでは違っている。

直感や感覚に重きを置いている組織だ。

「……そやったら、組織の人間ですね」

「そうやろうなぁ」

本部長は、ふぅ、と息をついて、再び冊子を引き出しにしまう。

特禁の冊子がここにあることを知っているのは、許可を取れば閲覧を許されている審神者以上の人間だ。

西の本部に、審神者は頭である澪人を除いて五人。澪人は彼らの顔を思い浮かべる。

どの人物も勝手に閲覧するとは思えない。審神者ではないとするなら、ひょんなことから、ここに冊子があると知った陰陽師の仕業になる。

「本部長もほんまは、見当つけたはる人がいるんやないですか？」

澪人がそっと問いかけると、本部長は弱ったように天井を仰いだ。

「ついてる。そやけど、わたし自身確証もあらへんし、それは口にできひん」

そうですか、と澪人は答えて、押し黙る。

ややあって、意を決したように口を開いた。

「葛葉さん、もしくは遠藤君やないですか？」

すると本部長は目を瞬かせて、首を振る。

「ちゃうねん。久義君や卓君やあらへん」

「そうでしたか」

すみません、と澪人は頭を下げる。

「ええねん。澪人君は、あの二人に何か思うことがあるんやろか」

「思うこと、というわけやないです。葛葉さんは昔、神隠しに遭うたやないですか」

そうやな、と本部長は少し懐かしそうに目を細める。

「あん時は大変やったな。あない見事な神隠しは、なかなかあらへん」

ほんまですね、と澪人は事件を振り返った。

神隠しといっても様々だ。

結局人為的なものだったということもあれば、悪霊や山神に誘われて帰れなくなるケースもある。実際に異世界――つまりは黄泉(よみ)の国に連れ込まれるなど滅多にない、珍しいケースだ。

「あれは色んなタイミングが悪いように働いたんやなぁ。あの日は、お盆が終わって間もない皆既月食やった。普段は閉まっている別の世界への入口もお盆の直後やったんと、月食の力で歪(ゆが)みができたんや。そないな入口の側に特別なエネルギーを持つ、まだ十歳の久義君が一人でいてた。そういう良くない条件がぴたりと揃ってしもて、引きずり込まれてしもたんやなぁ。組織を含めた京都中の陰陽師が総出で、救出作戦に入った。ほんまに大騒動や」

覚えています、と澪人はうなずく。

澪人の家、賀茂の分家にも話がきたのだ。

「澪人君もまだ小っさいのに手伝(てつど)うてくれた話やったな……」

「僕は大したことはできてません。みんなの力で助けられました」

と、澪人は簡単に答えて、話を続ける。

「あれから、葛葉さんは人外のものを憎むようになったんですよね？」

「そうや。なんとしても復讐したい、陰陽師になりたいて言うて……」

「そやから僕は葛葉さんが、復讐相手を捜しているんやないかて。ほんで遠藤君もそれに協力してるんちゃうかて」

なるほど、と本部長は相槌をうつ。

「ほんで、特禁の情報が知りたかった……ありえへん話ではない」

「そやけど、あの二人ではないんですよね？」

「見当をつけてるのは、久義君や卓君やない。そもそも、もし、そんな気持ちがあったとしてもあの二人には、あの禁書を閲覧するのは、不可能やて思う」

本部長はそこまで言って、息を吐き出した。

三

同じ頃、朔也と和人は、幼稚舎の靴箱の陰に隠れるように座っていた。

二人の間には、コウメが座っている。

朔也の仕事に協力をしたコウメはあの後、三善家で過剰な接待を受けた。

そのことに感謝し、ちゃんと恩を返さなければと思っているようで、朔也が頼んでいないのにここにいる。だが、相変わらず顔は不本意そうだ。

二人と一匹（柱）は午前九時からここにいて、ずっと靴箱の陰に座ったままだ。もうすぐ二時間が経とうとしている。

朔也のお腹が、ぐうう、と鳴り、和人は小さく笑った。

「僕、こっそり外に出て何か買ってこようか？」

いえいえ、と朔也は首を横に振る。

「長丁場になると思って、おにぎりとか色々買ってきてるんですよ。あと、宗次朗さんとこでも、ちょっとした昼飯買ってきてて」

「宗次朗さんところで昼飯、ってどういうこと？」

だってあそこは、和菓子屋ではないか、と和人はぽかんとする。

朔也は肩さげバッグの中から、ごそごそと紙袋を出した。

「じゃーん、さくら庵の特製あんぱんです。張り込みっていうと、これかなぁって」

朔也は紙袋からあんぱんを出して、八重歯を見せて笑う。

「えっ、宗次朗さんとこ、あんぱんも始めたの？」

「土日数量限定販売って話っすよ。なんでも、最近伏見店に手伝いに入った女性が、若い頃、製菓系の専門学校を出ていて、パン作りはお手の物らしくて」

松原の事情を知る和人は、ああ、と首を縦に振る。

「安曇さんだよね。パン作りができるなんて知らなかったな」

ありがとう、と和人も袋からあんぱんを取り出す。

「ペットボトルの飲み物もまだまだあるんで。お茶にコーヒー、カフェオレ、ミルクティー、何がいいっすか？」

「それじゃあ、カフェオレを」

どうぞ、と朔也はペットボトルを和人に手渡す。その後、床にティッシュを敷いて、コウメの前にもあんぱんを置いた。

それまで不本意そうな表情をしていたコウメだったが、パッと顔を明るくさせた。

いただきます、と皆は揃って、あんぱんを口に運んだ。

「美味っ」

と、朔也、和人、コウメは揃って、口に手を当てる。

ふわふわのパンの中に、こし餡に近い粒餡と、生クリームがぎっしりと詰まっていた。

「これ、生クリームあんぱんなんだ！」

「そうなんすよ。たまらないっすよね」

「うん、餡と生クリームは、奇跡のマリアージュだと思う」

奇跡のマリアージュって、と朔也は小さく噴き出した。

「でも、それほんとですね」

「それに、パンも美味しいなぁ」

しみじみと言う和人に、朔也は、ですねぇ、と答える。

「それにしても、パンの達人まで店に呼び込むって……宗次朗さんってどれだけ持ってるんだろ」

朔也が、独り言のように言うと、和人は頬を緩ませた。

「でも、彼のやることなすことがすべて上手くいってるわけじゃないんだよね」

どういうことだろう、と朔也はあんぱんを口に運ぶ手を止めて、和人を見た。

「今は何もかも上手くいってる宗次朗さんだけど、芸能界ではまったく上手くいかなかったみたいなんだ。やっぱり『生きる場所』って大事なんじゃないかと思うよ」

そっか、と朔也は納得する。

「自分にとってベストな場所にいるから、良いことが起こってくるわけなんだ」

うん、と和人は首を縦に振りながら、あんぱんを口に運ぶ。

「でも、芸能界を目指す必要はあったんだろうね」

和人の言わんとしていることがよく分からずに、朔也は小首を傾げた。

「実はさ、あの宗次朗さんがかつて芸能人になりたいと思っていたのって、僕としては少し意外だったんだよね」

そうっすか？　と朔也は首を捻る。

「あれだけのイケメンだったら、芸能界で一旗揚げてやろうって思いそうなもんじゃないっすか？」

それもそうなんだけど、と和人は話を続ける。

「もちろん、見た目や存在感は、申し分ないと思うよ。生まれながらに人の目を惹くタイプだと思うし。でも、芸能界のようなところって奔放な宗次朗さんには窮屈すぎる気がしたんだよね。結局、芸能界から離れたのも、そういう理由だったようだけど……。『最初から分からなかったのかな？』って不思議だったんだ。だって、傍から見ていた僕ですらそう思ってたのに、本人が気付かないものかなってさ」

「まー、自分のことは、分からないってやつですかね？」

「そういうことなんだろうね。けど、宗次朗さんのような人でも、そうした勘違いを起こすものなんだなぁ、って……。で、ちょっと思ったんだ」

なんだろう、と朔也はあんぱんを食べながら黙って和人の言葉に耳を傾ける。

「宗次朗さんは、『一度、東京に行って、京都に戻って来る』必要があったんじゃないかって。そのために、そういう勘違いを起こさせられたんじゃないかって」

どうしてそんなことを……と朔也は言いかけて、あっ、と手を打った。

「東京でのあの事件」

　そう、と和人はうなずいた。

「あの事件を収められたのは、澪人や小春さん、そしてみんなの力があってのことだけど、かつて宗次朗さんが上京していたからスムーズにいった面もあると思うんだ。宗次朗さんが芸能界に興味を抱かなければ、そもそも東京には行っていない。でも、そこで芸能人として成功させるわけにいかないから、どうしても上手くいかないよう仕向けられちゃったというか」

　うわぁ、と朔也は苦笑する。

「人は結局、森羅万象の導くままって感じ」

　そうだね、と和人はうなずく。

「そしてさ、宗次朗さんが伏見に出店したのも、商売を司（つかさど）る伏見の神々との縁を結ぶために必要があったことで、いずれ彼自身は祇園に戻る気がするなぁ」

　えー、と朔也は顔をしかめた。

「伏見店がなくなってしまうってことっすか？　うちもそうですけど、伏見のみんなめっちゃ喜んでるから、なくなったら寂しすぎる」

「もちろん、店はそのままだよ。松原さんが店長になるとか」

　なるほど、と朔也は納得しながら残りのあんぱんをすべて口の中に入れ、ペットボトルのコーヒーをごくりと飲んだ。

「それじゃあ、かつて宗次朗さんが見た芸能界への夢は、東京との縁を結ぶために用意された、いわば『偽りの夢』ってことっすかね」

「そういうことなんだけど、『偽り』というのはちょっと違う感じがする。どちらかというと、『かりそめ』の夢というかね」

　かりそめかぁ、と朔也は頬を緩ませた。

「たしかにしっくりきますね」

　でしょう、と和人はうなずいて、遠くを見るように目を細める。

「かりそめの恋、とかもあると思うんだ」

　うん？　と朔也は訊き返す。

「僕が小春さんを好きだったのも、それだった気がする。僕のあの時の想いは、澪人の本音を引きずり出すために必要だったんじゃないかなぁって。もちろん、小春さんを好きだった気持ちは嘘じゃないはずなのに、澪人が素直になったことで、僕の想いはみるみる薄まっていったんだ。森羅万象って人を動かすために、かりそめの夢や恋を仕掛けるなぁ、って思ったんだよね」

　朔也は、そっか、と息をついた。

「後の人生に必要だからこそ、かりそめの夢を見たり、かりそめの恋をしたりする。――そう思えば、一見上手くいかなかった事柄も、全部必要があるってことっすよね。

ゲームで言うと遠回りしたから見付けられたアイテムが、後々、めっちゃ必要だった、みたいな感じかな」

「そうそう」

「やっぱ、俺たち、森羅万象に動かされてるんですねぇ」

「ほんとに。あと、動かすといえば、『怒り』で動かされたりするよね」

たしかに、と朔也は肩をすくめる。

「俺も除霊師になったキッカケは『怒り』で……」

怒りを放ったキッカケは、家を出て行こうとする憎い拝み屋の背中にいた黒い影がこっちを振り返ってニヤリと笑ったからだ。あれを見ていなければ自分はぶち切れることなく、今も能力を隠して、普通の人として生きていただろう。

あの、黒い影の忌々しい笑み——。

「あれも、もしかしたら、森羅万象に見せられたものだったのかな」

そうかもね、と和人は相槌をうつ。

「だって朔也くんは、陰陽師になれて本当に嬉しいんだよね？」

うん、と朔也は首を縦に振る。

「それはやっぱり、やるべき仕事だからだよ。僕も陰陽師に憧れていた。でもその力がなかったから、それなら家を継ごうと思った。陰陽師が『陰』を司る仕事なら、産婦人科医は『陽』を司る仕事に違いないって。そう決めたら、生きやすくなったし、色々上手くいくし、やっぱり自分の生きる道ってあるんだなぁって。かりそめの想いに執着してこじらせていたら、結構大変だったと思うんだよね」

なるほどぉ、と朔也は頬杖をついた。

「そう思えば、本当に将来のこととか考えちゃうなぁ……」

陰陽師はあくまで裏の仕事。表の仕事にも就かなければならない。

「朔也くんは、三善酒造を継ぐんじゃないの？」

いやいや、と朔也は首を振る。

「そっちは、姉ちゃんと旦那さんが継ぐんで」

「でも、継がなくても、支えることはできるよね？」

「そうなんすけどね。俺、やっぱ酒の匂いがどうにも駄目で、そういう人間は向いてない気がするんすよねぇ」

ふむ、と和人は顎に手を当てる。

「それじゃあ、手伝ってきた仕事で何が楽しかった？」

「あ、ショップのプロデュースとか楽しかったです。あと、接客かなぁ……」

「たしかに朔也くん、接客向いてそうだなぁ」

「それは和人さんも向いてそう」

「ま、医者も客商売だしね」

たしかに、と二人は小さく笑い合う。

「こんなに話してたら、気付かれちゃうかな」

「大丈夫っす。まだ、人が侵入した気配はないんで」

へぇ、と和人は感心したように洩らす。

「そういうのまで分かるんだね？」

「俺は多少。そこは、コウメさまにお願いしてるんで」

と、朔也は、もぐもぐとあんぱんを食べているコウメに視線を落とした。

だが、コウメの姿は、和人には見えない。

和人は、その辺りにいるんだね、と微笑み、そういえば、と顔を上げる。

「桑原さんに頼んで、霊能力者にDM送ってもらったんだよね？　なんて送ったの？」

「あ、はい」

朔也は、澪人の許可を得た後、すぐに桑原に連絡を取り、霊能力者にDMを送ってもらっていた。これです、と朔也はスマホを出して、和人に見せる。

「文面は、俺が考えたんですけど」

画面には、桑原と霊能力者のやりとりのスクリーンショットが表示されていた。

『また新しい心霊スポットの噂を聞きつけて行ってきました。明日の朝いつものところに面と石を置いてます。よろしくお願いします』

『今回行ったという、新しい心霊スポットとはどこですか？』

霊能力者からの返事は、小一時間後に来ている。それに対して朔也はあらかじめこう答えるよう、伝えておいた。

『稲荷山の奥です。今回は本当に恐ろしい雰囲気で、背中がゾクゾクしました』

『そうでしたか。分かりました。すぐに浄化しておきます』

『よろしくお願いいたします』


そのやりとりを確認した和人は、ふむ、と洩らして朔也を見た。

「ちなみに、どうして稲荷山を？」

「うちの除霊師たちがその面をつけた怪しい人物を見掛けたのは、愛宕山、鞍馬山、吉田山、東山と、山という山に行ってる感じだったんです。東山では何度も見たらしくて。でも、稲荷山ではまだ見ていなかったらしいから」

なるほど、と和人は腕を組む。

「山ばかりってことは、もしかしたら心霊というより、神様を探しているのかな」

和人は霊感は強くないが、やはり賀茂家の人間。知識は豊富だ。

「俺もそれはちょっと思いました」

「だけど、そうなると、つけているのが黒い狐の面ってのが気になるよね」

独り言のように洩らす和人に、朔也も、うんうん、と同意する。

狐の面はオーソドックスな白の他に、黒、赤、と様々な色がある。基本的に『神様の遣い』とされているのは、白狐（びゃっこ）だ。もし、神様を探すために面をつけるのならば、白を選ぶだろう。

「黒の狐面をつけて、妖（あやかし）の中に紛れ込みたいと思ってるのかもっすね」

「それじゃあ、山の中で探しているのは妖ってことかなぁ……」

ぼそぼそと話していると、コウメの三尾がピンッと立ち、朔也も何かを察したように人差し指を立てる。

和人はうなずいて、口を閉ざした。

静寂の中、こちらに向かって足音が近付いている。

ちらりと確認すると、どうやら男性のようだ。少しくたびれた男性用のスニーカーが見えた。

彼はまず靴箱の前に立ち、石を手にした。

次の瞬間、朔也と和人は立ち上がり、

「あの、すみませんっ！」

と、声を張り上げる。

彼は体をびくんとさせ、そのまま逃走した。

朔也が追い掛けようとした時には、すでに和人が駆け出している。追われているのに気付いた男は振り返って、手にしている石を投げつけてきた。

和人は素早くそれを避けて、男の足を払って転ばせ、そのまま腕をつかみ、男の体の上に馬乗りになった。

ひゅう、と朔也は小さく口笛を吹いた。

「賀茂くんが言っていた通り、和人さん、本当に機敏だ」

カッコイイ、と感心しながら、朔也は駆け寄って男の顔を確認した。

長い前髪の奥で、目が見開かれている。

「――遠藤さん？」

「知り合い？」

「は、はい。組織の陰陽師で……」

二人の気が緩んだ瞬間、遠藤は和人の体を突き飛ばして逃げようとしたが、コウメが立ち塞がっていたため、観念したように息をつく。

「遠藤さんが、『霊能力者』だったんだ……」

まぁ、と遠藤は曖昧にうなずく。

「どうしてそんなことを？」

「三善君と同じだよ」

「俺と？」

「君も、頭の指示でここにいるんだろう？　俺もあるお方の命に従ってる」

「あるお方って……？」

問うまでもなく、朔也の脳裏にはある人物の姿が浮かび上がった。

四

昼食を食べ終えた千歳は、家の外に出て竹箒（たけぼうき）を手にした。

せっせと家の前の落ち葉を集める。

千歳とその祖母・千賀子（ちかこ）が住む家は、晴明神社からそう遠くない住宅街の中にある町家タイプの賃貸住宅だ。

京都では文化的価値がある町家を保存したいと考えている一方で、増える空き家や建物の老朽化が問題視されている。

そこで外からやってくる人たちに気軽に住んでもらえたら、と町家をリノベーションし、住居や店舗として貸し出す取り組みがなされていた。

外観は、風情のある古き良き京町家だが、中は真新しい。

この町家の募集が開始されたという情報を千賀子に伝えたのは、安倍公生だったのだが、千歳はそのことを後で知った。

「お祖母ちゃんも、早くに教えてくれたら、あの時、公生さんにお礼を言えたのに」

千歳は竹箒で落ち葉を集めながら、ぶつぶつとつぶやく。

同時に安倍家での出来事を思い出す。

千歳は、安倍家にやってきた三人の少年少女と共に過ごし、気が付くとアッという間に時が経っていた。彼らとしたのは、独楽回し、メンコ、けんけんぱ、ゴム飛び、大縄跳びと少しレトロな遊びばかりだ。

「楽しかったな……」

自分が普通の子どものように無邪気に遊べたのは、もしかしたら初めてだったかもしれない。

気が付くと頬が緩んでいて、引き締めようと手を当てていると、背後に強いエネルギーを感じて、千歳は振り返った。

「やあ、こんにちは」

そこにいたのは、晴明神社で出会った葛葉久義。

ジーンズにシャツというラフな出で立ちで、柔らかな笑みを浮かべていた。

どうも、と千歳がお辞儀をすると、

「突然、ごめんね」

と、葛葉は膝を折ってしゃがみ、視線を合わせる。

「千歳くん、実は早速、君の協力を仰ぎたいことができて」

晴明神社で『ぜひ、今度、そのお力をお借りしたいです』と言われた時は、嬉しさを感じた。

だが、まさかこんなに早く頼まれるとは思わず、千歳はぽかんとする。

「えっと、協力って」

うん、と葛葉はうなずく。

「探しものを手伝ってほしいんだ。それには君の特別な力が必要で」

「このことは澪人さんは知ってるの？」

もちろん、と葛葉は微笑む。

「だけど、頭は『君には無理じゃないか』と言っていたんだ」

その言葉に千歳は思わず顔をしかめる。

「だけど自分はそうは思わなくてね。こうしてお願いに来たんだ」

「それで、探すって何を？」

「――黄泉の入口」

それは思いもしない仕事であり、千歳は目をぱちりとさせる。

「急にこんなこと言われても驚くよね。ちゃんと事情を説明するから、聞いてもらっていいかな」

葛葉はそう言って両手を合わせる。

千歳としっかり目を合わせて懇願する姿に、胸が詰まった。

この人の力になってあげたい、という想いが湧き上がり、

「いいけど……」

と、千歳は躊躇（ためら）いがちにうなずいた。

第四章　過去の清算と懐中しるこ。

一

「――葛葉さんは、ずっと、ある妖を探していました」

遠藤は、目を伏せながらぽつりぽつりと話す。

ここは、上賀茂の賀茂邸だ。

旧幼稚舎で遠藤を確保した和人と朔也は、即座に澪人に連絡をした。

とりあえず、賀茂邸で話を聞こうということになり、ここには澪人、和人、朔也、そして本部長の姿があった。

「妖ていうのは、神隠しに遭うた時に出会った？」

澪人が問うと、遠藤はこくりとうなずく。

「ご存じかもしれませんが、葛葉さんは十歳の時に神隠しに遭って、衝撃的な経験をしました。彼は、その時に出会った妖をどうしても討ちたいと思っていたそうです。それで彼は長年かけて異界への入口を探していたんですが、なかなか見付けられなかった。そのうちタイムリミットが近付いてきまして……」

タイムリミットって？　と朔也と和人が首を傾げる。

澪人は、ふと、葛葉が言っていた不思議な言葉を思い出した。

「そういえば、葛葉さんは、この前、こんなことを言うたはったんやけど……」

――自分はもう二十三にもなったのに恋というものをしたことがないんです。このままでは恋を知らずに、タイムリミットを迎えてしまう……。

「このタイムリミットと同じものなんやろか」

澪人の問いに、遠藤は、はい、と答える。

「どういうことなんやろ」

それには、本部長が答えた。

「久義君の陰陽師(おんみょうじ)活動は、大学院を修了するまでと親に言われたはるんや。その後は、東京に戻って、許嫁(いいなずけ)と結婚して、父親の会社を継ぐて話で」

また許嫁か、と澪人は、松原の件を振り返りながら思う。

「少し時代錯誤やね」

「……まぁ、由緒のある家やし、ずっとそれが当たり前に続いてきてたら、そんなもんて感じなんやろ。わたしかて許嫁と結婚したし。ほんでも幸せいっぱいやで」

ふむ、と澪人は顎(あご)に手を当てる。

許嫁というと古めかしいが、言ってしまえば家同士が決めた見合いで出会った結婚相手だ。元々互いの親族が認めているため、祝福された結婚となる。上手(うま)くいくケースも多い。これもすべて縁ということだ。

すると遠藤が、遠慮がちに口を開く。

「葛葉さんの許嫁は、自分の姉なんです」

そうだったんだ、と皆は驚いて遠藤を見た。

「両親は、葛葉家と縁を結べるのを心から喜んでいまして、姉も葛葉さんを慕っていました。彼も姉をとても可愛がってくれていて、結婚に異論はないそうなんです。ただ、自分の中にもやもやとしたものが残ったまま東京に戻りたくはないようで……」

葛葉は、東京に戻る前に、復讐(ふくしゅう)を遂げたいと思っている。また、許嫁と結婚しても良いと思いながらも、恋を知らないままでいることに焦りを感じているのだろう。

だからあの言葉が出てきた。

「久義君が大学院を修了するんは、たしか来年の春やな」

「それで、葛葉さんは、急ぎ始めたわけや」

本部長と澪人の言葉に、はい、と遠藤はうなずく。

「……自分も、何か協力できないかと考えたんです。そんな時に心霊目撃情報を投稿するサイトを見付けました。葛葉さんに妖の特徴を聞いていたので、何か情報はないかとチェックしている中で、心霊スポットをまわろうとしている人を見付けました。それで、この人たちを上手く使えたらと思ったんです。自分は『物に残った想念』をキャッチするのが得意なので……」

そこまで聞き、澪人は納得して首を縦に振る。

心霊スポットに石を持って行かせて、それをまた持ち帰らせたのは、そこに留まる想念を読み取るためだったのだ。

葛葉が探している妖の情報を得られたらと思ったのだろう。

でもさ、と朔也が言う。

「石のチェックだけして、除霊をしなかったのはどうしてっすか？」

「石や面に憑いてきたのは、埃みたいな微かなものばかりで、特に除霊をしなくてもいいかなと最初は思っていて……」

「四隅に霊符を埋めたんは？」

「それは、葛葉さんの指示です。自分がこんなことを始めたと伝えたら、石に憑いたものを祓わず、四隅に陶器を埋めるよう言われまして」

「ほんなら、あの霊符は、葛葉さんが用意したものなん？」

はい、と遠藤は答える。

そもそも、と和人は苦笑した。

「どうして、あなたはそんなに葛葉さんの言うことを聞いているんですか？　義理のお兄さんになる人だからでしょうか？」

それは澪人と朔也も疑問に思っていたことであり、遠藤に注目する。

遠藤は弱ったように目を泳がせた。自分の口から言うのは憚られるのだろう。本部長は、そんな彼の気持ちを汲み、口を開いた。

「ここだけの話や」

はい、と皆は揃って、本部長に視線を向けた。

「久義君は、土御門家の者やねん」

土御門家のことは、和人も知っている。朔也と二人で息を呑んだ。澪人は合点がいったように、首を縦に振る。

あの霊符は、土御門家に伝わるものだったのだろう。

「ほんなら、葛葉ていうのは仮の？」

「ちゃうねん。土御門家の人間は明治維新後、苗字を変えた者も多い。葛葉さんとこもそのうちの一人やな。久義君の祖父に、家のことは伏せるよう言われてたんや。陰陽師は血にこだわる者も多いし、変に敬われても困るて思たんやろ。卓君は親戚やさかい、最初から知ってたわけや」

　それじゃあ、と和人が前のめりになった。

「もしかして、葛葉さんが神隠しに遭ったのは、その特別な血も関係しているんでしょうか？」

　そうやと思う、と本部長は洩らす。

「ほんなら、特禁の冊子を盗み見たのも、やっぱり遠藤さんなんやろか？」

　澪人の問いかけに遠藤は弾かれたように顔を上げ、首を横に振った。

「いえ、自分はそんなことはしてないです」

「……冊子を見たのは、市川や」

　本部長の言葉に、澪人と朔也は驚きに目を見開いた。

　市川とは、本部長の片腕であり、秘書のような存在だ。

　審神者ではないが、常に本部長の側にいるため、冊子にどのような術をかけているのか、よく分かっているのだろう。

「西の本部の中で、久義君が土御門家の者やて知ってるのは、わたしと卓君、そして市川だけや。彼も旧家の人間やさかい、名家の者に仕えようとする気質がある。おそらく久義君に頼み込まれて断れへんかったのやろうな。持ち出さずにちょっと見るくらいなら……て許したんやて思う。そやけど、ほんまは信じられへん」

市川がそないなことを許すなんて、と本部長は息を吐き出すように言う。

澪人は苦々しい気持ちで目を伏せる。

だが、すぐに気を取り直したように遠藤への質問を続けた。

「葛葉さんが幼稚舎に霊符を埋めるように言った理由やけど、やっぱり蠱毒なんやろか」

蠱毒と聞いて朔也と和人が顔色を変える。

遠藤は膝の上に乗せていた手をギュッと握り締め、はい、と小声で答えた。

「……葛葉さんは、異界に行った時のために、化け物を作り出して、手下にしようと考えたようです」

作り出した化け物は、術師の武器になる。憎き妖と戦う際に自分の眷属として使うつもりだったのだ。

なるほど、と朔也も納得した。

「幼稚舎を壺の代わりにしたってわけだ。たしかに、互いを食い合って大きくはなっていたし、あのまま放置していたら結構な化け物が出来上がっていたかもね」

「そやけど、そこまでするて、そない恨みを募らせているんやろか……」

澪人は息を吐き出し、遠藤を見た。

「それが……葛葉さんが探している理由は、恨みや憎しみだけではないんです。自分もすべてを分かっているわけではないんですが」

「ほんなら、あなたが分かってる範囲でええし、話してもらえますか」

　はい、と遠藤は躊躇いがちに話を始めた。

二

「移動しながら、説明するね」

　と、千歳が、葛葉に連れられて訪れた先――。

　それは、観光客で賑わう八坂神社だった。

　二人は八坂神社の境内に入り、本殿を参拝した千歳は拍子抜けした気持ちで、隣に立つ葛葉を見上げる。

　千歳の視線を感じた葛葉は、実はね、と話し始める。

「俺は昔、神隠しに遭ったことがあるんだ。十歳だったからちょうど君くらいの年齢の時だよ」

　と、葛葉は話しながら、境内を歩く。

「その頃、俺は東京に住んでいて、夏休みいっぱい京都に住む祖父の家に遊びに来ていた。その日はお盆が終わったあとだったかな。両親と一緒に八坂神社を詣って、ここから外に出たんだ」

と、南楼門から、鳥居をくぐって境内を後にする。

「母が高台寺に行きたいと言ってね、こうして坂道を上ったんだ」

葛葉は言葉通り、高台寺へと続く坂を上っていく。

速いペースに千歳の息が少し上がったが、葛葉の息は乱れていない。

「高台寺は知ってる？」

「名前は知ってるけど、行ったことがない」

「そうか、それじゃあちょうどいい。高台寺はね、『ねね』の愛称で知られる秀吉の正室・北政所が、秀吉の冥福を祈るため建立した寺なんだ。自らも晩年はそこで過ごして、死後はそこに埋葬されたそうだよ。京の町が見下ろせて静かで美しくて、天下を取った者は、最終的にこんなところを好むのだろうか。そして最後にこんなところで眠ることができるのか、と子どもながらに感心したんだ」

葛葉は、高台寺の拝観料を支払って境内に入る。

「たしかに良いところだね」

秀吉縁の寺というと華美な様相を想像していたが、高台寺はとても落ち着いた雰囲気だ。広々としていて、見晴らしがとても良い。葛葉が言ったように、すべてを手に入れた者は、最後にこういうところを好むのかもしれない、と思わされた。

順路に沿って歩いていると、山の中に白っぽい巨大な観音像があるのが見えた。

信仰と山の気を受けている影響もあり、強いエネルギーを放っている。

「こんなところに、あんな大きな観音像……なんだか初めて見たかも」

「霊山（りょうぜん）観音だよ。戦後に追悼のために建てられたそうだから、京都にしては、比較的新しいものだね。でも、こうして見ると、どきりとさせられる雰囲気があるよね」

うん、と千歳はうなずく。

「俺もそうだったんだ。こうして順路に従って歩いていてあの巨大な観音像を見て驚いた。そして両親にこう言ったんだよ。『先にあそこに行ってるから』ってね」

千歳は話を聞きながら、その時の光景が頭に浮かぶ気がした。

十歳の葛葉が駆け出していく。

竹林を走り抜け、その先に進んだ時に、足を引っかけて転がり落ちた。

ちょうど落ち葉が集まっていたところに入り込み、葛葉はそのまま意識を失ってしまった。はっ、と目を覚まし、落ち葉の中から這（は）い出た時には既に陽が落ちていた。

とはいえ、まだ空は明るく、夜にまではなっていない。

立ち上がり、助けを呼ぼうと思った時だ――。

「自分の足元に、とても小さな祠（ほこら）があったんだ。踏みつけなくて良かったと思った。でもしめ縄は千切れてしまっていたんだ……」

葛葉は足を止めて、振り返った。

「陰陽師の間で、『特別禁足地』と呼ばれているところがあるのを君は知ってる？」

　うん、と千歳は静かな声で答える。

「澪人さんに聞いた。『特禁』って呼ばれているんだよね。怒らせてはならない神が眠っている場所だったりするって」

　そこは、審神者以上しか知ることができないとも聞いていた。

「そう。そして、特禁は起こしてはならない神が眠っている場所だけではないんだ。現世には異界へと続く入口があちこちにある。入口は開いたり閉じたりしていてね。特に開きやすいところも『特禁』としているんだよ」

「異界への入口……」

「有名なのが、小野篁が行き来していた六道珍皇寺の井戸。通称『冥土通いの井戸』だね。あそこは今やしっかり塞がれてるけど、あそこを閉じた分、他の場所が開いたりすることもある。それが、この辺りだったんだ……」

　千歳は息を呑んで、辺りを見回した。

古くから続く土地が故の重さはあるが、他の場所と特に変わりはない。

「『特禁』っていうからには、もっと仰々しく立ち入り禁止にしているのかと思ったんだけど、そうではない場所も多かったんだ。たとえば、こんな有名な観光地の中を立ち入り禁止にはできない。だから時の陰陽師たちは致し方なく普通の人の目に見えぬ祠を建て、特別な術を施し、自然に人が近付かないように仕向けた。そして、しめ縄を張って、入口を塞いだんだ……」

そこまで聞いて、もしかして、と千歳は眉を顰めた。

「十歳だったあなたは、時の陰陽師が建てた普通の人の目には見えぬ祠の側に転がり落ちて、その時にしめ縄を切ってしまった……」

そういうこと、と葛葉は答える。

「特禁について記された冊子があるのを知ったのは、最近なんだ。今、蔓延っている心霊スポットに出向く配信者たちのおかげだ。それを確認できたことで自分が異界に迷い込んでしまった謎が解けたよ」

「あなたは、審神者なんですか？」

「ううん、一介の陰陽師だよ。異界の入口を捜し続けたいから出世を拒んでいてね」

「それじゃあ、どうして閲覧できたんですか？」

「本部長の秘書に、『お願い』をしたんだ。常に本部長の側にいる彼ならば、禁書のありかや、こっそり閲覧する方法を知っていると思ってね」

「お願いって……」

言葉を失った千歳を横目に、葛葉は、ふふっと笑う。

「千歳くん、実は俺も君と同じなんだ。安倍家と皇室の血を引いているんだよ」

え……、と千歳は立ち尽くす。

「そんな俺は他の人にはない、特別な力を持っている」

そう言うと葛葉は膝を曲げて、千歳の目をジッと見詰めた。

「こうして、しっかり目を合わせて、『お願い』をすると相手は断れなくなるみたいなんだよ。君も実のところ怪しいと思いながらも、俺についてきてしまったよね？」

千歳は思わず、目をそらした。

ごめんごめん、と葛葉は笑う。

「自分の力に気付いてから、悪用しないと誓ったんだ。そして、この力を使う場合の制約をかけた。おかげで力が強まったんだけど」

「制約って……」

「異界への入口を見付けるのに必要な情報を得るためだけに使う、という『縛り』だよ。俺はもう背に腹は替えられなくてね。どうしても君の力が必要だったんだ」

「……他の人じゃ駄目なの？」

「うん。君じゃなきゃ駄目なんだ」

「同じ血を引いているから？」

「そうだね。俺があっちの世界に誘われたのは、血が大きく関係していると思う。あと、祠の側にいる時に、ちょうど皆既月食になったんだ」

葛葉は少し歩き、メインの道からそれて、獣道に入る。

そこは雑草が生い茂った坂道になっている。

葛葉は足を止め、ごくりと喉を鳴らした。

「その祠だよ」

ようやく見付けた、と葛葉は少し熱っぽく洩らす。

千歳は、彼の視線の方向に顔を向ける。

そこに古い祠があった。

その前には二本の木があり、しめ縄が結ばれている。

「あの時は鮮明に見えたのに、今の自分には霞んで見える。何度もここに足を運んだのに見付けられなかったんだ。それなのに今、こうして見付けることができた。きっと千歳くんのおかげだね。千歳くんには、どう見える？」

「……はっきりと見えます」

そっか、さすがだね、と言って葛葉はポケットからナイフを出してしめ縄の結び目を切り、腕時計に目を向けた。

「時間がどうしたの？」

「もうすぐ、新月になるんだよ。皆既月食や日食とまではいかないけど、満月や新月は扉が開きやすいんだ。そして……」

葛葉は、千歳の顔を覗き込むように見る。

「俺があっちの世界に誘われたのは、血のせいだけじゃなく、まだ子どもだったのも関係していると思うんだ。君が側にいる状態なら、またあっちの世界へ行けるかもしれないと思ったんだ」

ぞくり、と体が震え、千歳は後退りする。

逃げようとすると葛葉は千歳の腕をつかんだ。

「大丈夫、君まであっちの世界へ連れて行く気はない。扉が開いてくれるだけでいいんだ」

「あ、あなたが僕を連れて行く気がなくても、引きずり込まれるかもしれないじゃないか……」

千歳は腕を振りほどこうと、顔を歪ませる。

しっかりとつかまれた腕から、葛葉の意識が入り込んできた。

三

祇園の『さくら庵』では、小春が掃除をしつつ、和雑貨を並べていた。

　店内は相変わらず、可愛らしい物で溢れている。

　髪飾り、ガマ口の財布、ハンカチ、扇子、風呂敷、お香立てにお香、ちりめんの人形、折鶴や金平糖型のピアス。

　観光客は皆、楽しそうに見てまわり、買って行ってくれる。

　小春は腕を組んで、うーん、と唸る。

「小春、難しい顔してどないしたんや」

　吉乃が小さく笑って訊ねる。

　小春が振り返ると、吉乃はいつものように木製カウンターで御守を作っていた。

「うちって、和雑貨店なのに、独楽やけん玉ってあまりないよね」

　あるとすれば、独楽の形をしたピアスだったり、ミニチュアの飾りだったりだ。

「そやね。昔はあったんやけど、可愛いもんに振り切った頃からあんまり仕入れなくなったんや」

　そっか、と小春は息をつく。

「可愛いものがたくさんあるのも素敵だけど、これからも子どもたちに遊んでもらいたい昔ながらのおもちゃも充実させたいなって」

　これは、安倍家を訪れた時に思ったことだ。

　今、すべてがデジタルで、ゲームもクオリティの高いもので溢れている。

だが、昔ながらのおもちゃは、しっかりと体を使うものだ。

心と体を使って遊ぶというのは、とても良いことだと感じたのだ。

吉乃は、ふむ、と腕を組む。

「私が仕入れなくなった頃は、独楽もメンコも古臭いもんやったからなんや。そやけど、今となっては珍しくて、むしろ新しく感じるもんかもしれへんなぁ」

「うん、新鮮だと思う。それに、『さくら庵』っぽい素敵な和柄の独楽とかメンコがあれば、ご年配のお客さんがお孫さんへの土産に買ってくれるかもしれないし」

「それはたしかにやなぁ」

でしょう、と小春は手を叩いた。

「ほんなら、ためしに小春がええと思た商品をピックアップしてみよか」

吉乃は木製カウンターの引き出しからカタログを出して、小春に手渡す。

「いいの？」

こくりとうなずいた吉乃に、小春はウキウキしながらカウンターにカタログを置いてページを開く。

「こう見るとコスメや和柄の文具とかも充実していて、あれこれ目移りしちゃうね」

「どないなんがええ？」

「この、少し小さめの桜柄の和綴じノートだったらメモ帳にできるし、あとはブックカバーも素敵だなって」

　うちの店の和雑貨は可愛いけれど、使い勝手が悪いものも多い。こうしたものなら、気兼ねなく買えるだろう。

「あ、そら、ええな。小春はセンスがええ」

「ありがとう。後継ぎになれるかな」

　なれるなれる、と吉乃は笑ったが、すぐに真剣な表情に変わった。

「そやけど、ほんまに小春はこの店をしたいて思うてるんか？」

　あまりに真っ直ぐに見詰められて、小春は戸惑いながらも、うん、と答えた。

「お祖母ちゃんのような拝み屋さんになりたいって気持ちは変わってなくて、ここでお店をしながら、悩んでいる人の助けになれたら嬉しいなって」

　そうなんや、と吉乃は微笑む。

「そやけど、それはまだあかん」

「どうして……？」

「小春はこの仕事しかしてへんやろ。ちゃんと外で学んで色んなものを見て、その上で決めた方がええ。居心地の好い場所を選ぶのは悪いことやない。そやけどそれは、他の場所を経験してから決めることやねん」

　吉乃が言っていることは分かったが、腑には落ちず、小春は表情を曇らせた。

「たとえばや。京都で生まれ育って、他の土地をまったく知らへん人が『世界で一番最高なんは京都や』言うてたら、『あんたは他を知らないやろ』って思うやん。そやけど、その人が世界中を見てまわったうえで『やっぱり京都が最高や』ってなったら、そん時がほんまの気持ちやねん」

その言葉には納得がいって、小春は大きく首を縦に振る。

「分かった。ちゃんと色んなものを見てから決めるよ」

そうや、と吉乃は嬉しそうにうなずく。

「仕事の選び方も色々や。好きなことを仕事にする人もいれば、あえて好きなことは仕事にしない人もいてる。得意なことを仕事にする人もいれば、苦やないことを仕事にする人、はたまた、どんなんでもええけど、自分の時間を確保できる仕事を選ぶ、とかもそうやな。正解、不正解はあらへん、どれも自分で選ぶ答えや。仕事する場所は生きる場所、なるべく、選べるだけの経験は積んだ方がよろしい」

はい、と小春は姿勢を正す。

その時、吉乃は何かを察して振り返った。

「人やない、何か来る」

えっ、と小春も振り返ると、コマが店に駆け込んできた。

「コマちゃん……!?」

コマはすぐに小春の足元に駆け寄って、みゃあああ、と声を上げる。

何かを訴えている。

小春はしゃがみ込んで、しっかりと視線を合わせ、額に力を込める。

葛葉が千歳の許（もと）を訪れたところ。彼が八坂神社、そして高台寺へ千歳を連れて行った様子が流れてきた。

そして千歳に詰め寄る姿も――。

「……大変」

すぐに店を飛び出そうとして、足を止める。勝手な単独行動は間違いの元だ。

「まず、澪人さんに知らせないと……」

小春は逸（はや）る心を落ち着かせながら、エプロンのポケットからスマホを取り出した。

電話をかけるも澪人はなかなか出ない。

耳に届く発信音がもどかしく、とても長く感じられた。

『――はい』

ようやく澪人の声が耳に届き、小春は弾（はじ）かれたように顔を上げる。

「澪人さん、あの、大変なんです。今、コマちゃんがうちを訪ねてきまして……」

事情を説明すると、電話の向こうで澪人が息を呑（の）んだのが分かった。

『分かった。高台寺の方へは僕たちが向かうさかい、小春ちゃんはそこにいてや』

「私も行きたいです」

『おおきに。そやけど、危険やさかい』

そう言うと思ってました、と小春は目を伏せる。

『小春ちゃん、あなたは斎王や。千歳くんのために祈ってもらえるやろか』

澪人の言葉に、小春は目を大きく見開く。

はい、と強くうなずいて、電話を切った。

千歳の無事を祈る。

本気でそれをするには、エネルギーの強い場所が好ましい。

どこが良いだろう、と考える間もなく、そこは頭に浮かんだ。

「お祖母ちゃん、私、しばらく辰巳稲荷に行ってる」

分かった、と吉乃は首を縦に振った。

小春はコマと共に『さくら庵』を飛び出して、辰巳稲荷に向かう。小さな社では、まるで小春が来るのを分かっていたかのように、白狐たちが集まっていた。

その中に、コウメの姿もある。

白狐は人払いをしてくれているようで、通りには人が行き交っているのに、まるで辰巳稲荷に気が付いていないように通り過ぎていく。

「みんな、ありがとう」

小春が鳥居の前で一礼して、境内に入ると、コウメとコマもそれに続いた。

一礼二拍手をして、大きく息を吸い込み、そしてそっと吐き出す。

それを三回繰り返してから、もう一度息を吸い、目を瞑る。安倍家で教わったように自分の胸の中心に独楽が回転しているのをイメージしてから、祝詞を唱え始めた。

すぐに自分の周りに円陣が浮かび上がる。

円陣の中で半透明の巫女たちが、自分と一緒に祝詞を唱えていた。

心強さを感じていると、ふわりと良い香りが小春を包んだ。

大きな手が小春の肩に乗る。

小春はそっと目を開けて、顔を上げると美しい青年——若宮が見下ろしていた。

目が合うなり、彼はにこりと微笑む。

若宮くん、と小春は祝詞を唱えながら、心の中で呼びかける。

『お手伝いしますよ。二人を助けに行きましょう』

二人とは、千歳と葛葉のことだろう。

小春は強くうなずいて、再び目を瞑った。

四

葛葉に腕を強くつかまれた時、どこからか霧が立ち込め、あたりは靄に包まれた。

自分たちの側に、少年のシルエットが浮かび上がる。

千歳が息を呑んで確認すると、それはかつての葛葉の姿だと分かった。

今見えているのは、『葛葉の意識』なのだ。

特別な土地の力のせいか、現実ではないかと勘違いするほどの鮮明さだ。

霧の切れ間に見える空間が、ぐにゃりと歪んで見える。

空気はひやりと冷たく湿り気を帯びていて、墓場のような匂いがしていた。

葛葉少年は、呆然としながら立ち上がり、辺りを見回した。

お父さん、お母さん、と何度も叫んでいる。

やみくもに走っていると、竹林に囲まれた細い一本道に出た。

灯籠が連なっている。それは葛葉少年が一歩前に進むごとに、ぽっ、ぽっ、と明かりが灯っていった。

なんだろう、と葛葉少年がオロオロと目を泳がせていると、白い作務衣に黒い狐面をかぶった男たちが、まるで湧いてきたようにぞろぞろと姿を現わした。

ひっ、と葛葉少年が呻（うめ）いて、踵（きびす）を返そうとするも、足がもつれて上手（うま）く動けない。

黒い狐面の男たちは、葛葉少年を取り囲み、嬉しそうに言う。

——これは良い貢物だ。

——主様も喜ばれる。

白い狐は神の遣い、他の色の狐はそうではない場合がある。

葛葉少年が祖父から聞いていたことだ。

四方八方から手が伸びて来て、抗（あらが）うこともできずに葛葉少年は捕えられた。

「……っ」

このまま葛葉の記憶に引きずられてはなるものか。

千歳は空いている方の手で自らの頰を平手打ちした。

——ぱんっ、と音が響き、驚いた鳥たちが飛んでいく。

霧は晴れていて、目の前には今の葛葉の姿があった。

彼も自分の過去に取り込まれていたようだ。今我に返ったとばかりに、目を瞬かせている。

「今のが、葛葉さんがした経験だよね」

「そうだ」

葛葉は顔を歪ませて、拳を握り締める。

「あれからずっと異界に続く入口を探し続けていた。さっきも言ったように、ここにも何度も来た。でも祠は見付からない。異界への入口はここだけではないはずだと、俺はあちこちの山を探して回った。皆既月食の時も狙ってみた。だけど駄目なんだ。あの時のようにならない。もう俺の目には見付けられないのかもしれない。それなら化け物を手下にして入口を探させよう、そして共に異界に行って戦う武器にしようと思ったのに、それも邪魔されてしまった――」

そこまで言って、葛葉は大きく目を見開いた。

何を見ているのだろう、と千歳は葛葉の視線の先を辿る。

空間に、切れ間があった。まるで空中にカッターナイフで切り込みを入れて少しだけ広げたような感じだ。その向こうは霧がかかっていた、ところどころマーブル状に歪んで見える。

これが、異界への入口――。

ははっ、と葛葉は乾いた笑いを洩らした。

「入口が開いた。良かった、やっと見付けることができた。これでようやくあっちに行ける」

言葉だけ聞くと喜んでいるようだが、目は見開かれたままで、体がガタガタと震えている。彼が心底、恐怖を感じているのが伝わってきた。

「葛葉さん、怖いんだよね？　どうして、そこまでして」

「――俺はどうしても、あそこに行かなくてはならない」

葛葉は奥歯を嚙みしめて、入口へと近付く。

千歳は横目で入口を確認する。視界に入れるだけで、背筋が冷えた。

五感を含めた感覚のすべてが、あそこに行ってはならないと警告している。

「駄目だよ、葛葉さん。何があったのか知らないけど、あそこに行ったら、あなたはきっと戻れない！」

千歳は葛葉の腰にしがみつき、彼を止めようと全身を使って阻止する。

再び、葛葉の意識が千歳に伝わってきた。

＊＊＊

――黒い狐の面をつけた男たちが、ぞろぞろと歩いている。

捕えられたと思っていた葛葉少年は、拘束されていなかった。だが彼らの後を歩いている。ついて行きたいわけではないのに、足が前に進んでいた。動くのは足だけで、両の手首は体の前で縛られたようにくっつき、離すことができない。

よく見ると、黒い靄のようなものが手首を覆っていた。

おそらく、何か術をかけられているのだろう。

目だけで周囲を確認すると、霧がかかっていてよく見えないが、鬱蒼（うっそう）とした木々が生い茂る山の中だ。

黒い狐面の男たちは一斉に足を止めて、深々とお辞儀をする。

前に何があるのだろう、と顔を上げると、霧の中、真っ黒な鳥居が佇立（ちょりつ）していた。

それを目の当たりにするなり、葛葉少年の体に震えが走った。

黒い鳥居は、以前にも見たことがある。黒は北の地を意味し、北の守護神・玄武（げんぶ）を祀（まつ）っている神社では黒い鳥居のところもあるのだ。そうした黒い鳥居は神聖さを感じるのだが、ここのはまるで違っていた。

目を凝らして確認すると、その鳥居は木材で組まれていた。年月が経って黒ずんでしまったのだろう。さらに黒ずんだオーラが鳥居を包んでいた。

鳥居の向こうには、山に向かって一本道が延びている。道の突き当りには、巨大なシャベルで山を掘ったような洞窟（どうくつ）がぽっかりとあった。そこから生臭い臭いが流れてきている。

大きな二つの赤い目が暗闇に浮かび、こちらを見ていた。

喰（く）われる、と本能で感じた。あの洞窟に、どんなおぞましい存在が潜んでいるのか分からないが、自分を前に食欲をそそられ、悦(よろこ)んでいるのが伝わってきた。

――さぁ、主様の許(もと)へ。

黒い狐面の男が、葛葉少年の背中に手を当てる。

そうすると絶対に行きたくないはずなのに、勝手に足が前に進んでいた。

黒い鳥居をくぐり、一歩洞窟へ近付くごとに、おぞましい悪臭が強くなる。びりびりと体は痺(しび)れていて、震えは止まらず、目からは涙がとめどなく流れていた。

それでも恐怖のあまり、声は出ない。泣き声すら発することができなかった。

その時だ。しゃらん、と鈴の音がした。

振り返ると、鳥居の手前に少女が立っていた。

長い髪を後ろに一つに結び、額には金色の前天冠(まえてんかん)、手には鈴緒。

白衣に朱色の袴(はかま)を纏(まと)った巫女(みこ)だった。

年齢は葛葉少年よりも下に見えたが、堂々とした姿はとても大人びていて、息を呑(の)むほどに美しい容姿をしていた。

巫女はこちらに向かって駆けてきて、素早く鈴緒を振る。

葛葉少年を拘束していた黒い靄(もや)が消えて、急に手足が自由になった。

――こっち。

巫女は鈴のように澄んだ声でそう言って、葛葉少年の手をつかんで走り出す。

何が何だか分からなかったが、彼女について行けば間違いないだろう、と懸命についていった。

黒い狐面の男たちが追い掛けてくる。

恐ろしかったが、どうしても気になって振り返ろうとすると、彼女はぴしゃりと言った。

――振り返らないでください。

山道を駆け、竹林を通り、やがて見覚えのある祠が見えてきた。

その向こうに、空中を切り裂いたかのような切れ間があった。

――早くあそこへ。

少女は、葛葉の背中を押した。

うん、と葛葉は切れ間に向かって走り、すぐ手前で足を止めた。

『君も早く！』

と、振り返った時、巫女の少女は狐面の男たちに捕えられていた。

その背後には、大蛇のシルエットが浮かび上がっている。黒蛇のようだ。

葛葉少年は絶句して立ち尽くす。

――行ってください！

巫女は素早く印を結んで、掌をこちらに向けた。

その瞬間、衝撃を感じ、意識が真っ白になる。

気が付くと、元の世界に戻っていた。

目に入ってきたのは、見慣れた天井だった。

自分はいつの間にか、祖父の家に運ばれていたのだ。

良かった、良かった、と両親と祖父母が涙を流して喜んでいる。

『久義、大丈夫か？』

『ほんまに良かった』

『どこか痛いところはない？』

父と祖母と母が頭や体を撫でる。

『久義を助けるために、たくさんの人が協力してくれたんやで』

最後にそう言った祖父の言葉に、胸が詰まった。

あの少女もその一人だったのだろう。

『巫女の子は、助かった？』

そう問うと、皆は不思議そうな目をする。

『巫女って？』

『僕より少し小さな女の子だよ。巫女の格好をしていて、助けてくれたんだ』

両親と祖母は、祖父の方を見た。

祖父は、分からへん、と首を横に振る。

『分かった、久義。聞いてみるし。ほんまにたくさんの人が動いてくれたから、そのうちの一人や思う』

『い、急いで。彼女はあそこに取り残された可能性があって』

そう言うと祖父は顔色を変えて立ち上がり、仲間たちに連絡を取った。

だが、誰一人として、その巫女の存在を知る者はいなかったのだ——。

＊＊＊

「俺は、彼女を助けに行かなくてはならない……」

葛葉は震えながら言って、顔を手で覆う。

そういうことだったんだ、と千歳は息を呑んだ。

「葛葉さん、あれから十何年も時が経っている。その子はもう……」

ははっ、と葛葉は乾いた笑いを零した。

「君ともあろう人が、随分普通のことを言うんだね。ああした次元では時間なんて、あってないようなものだ。俺があの時に行くことを望んだら、きっと彼女を助けられる。まだ、あんな小さな少女が、俺のために……」

そう言いながら葛葉の目に涙が滲んでいく。

晴明神社で出会った時、葛葉は恋を知らないと言っていた。彼の心は、もうずっと異界で出会い、身をもって自分を救ってくれた少女の許にあったのだ。

これから京都を離れ、親の会社を継ぎ、結婚に向けて動き出さなくてはならない。あの時の想いを置き去りにしたままでは、前へ進めないのだろう。

そんな葛葉の気持ちは分かる。

でも、と千歳は力を込めて、葛葉の体を押さえる。

「絶対にあそこに行っては駄目だ！　ここであなたが行ってしまったら、彼女の想いが無駄になるじゃないか！」

喉の奥から吐き出すように訴えるも、その言葉は葛葉の逆鱗に触れたようだ。

「うるさい、もう、手遅れのように言うな！」

葛葉は力一杯、千歳の体を突き飛ばした。

その時、異界の入口はまるで千歳を歓迎するかのように大きく開いた。千歳の体を取り込むと、まるで口を閉じるかのように塞がり、入口が見えなくなった。

入口が閉じる直前、千歳の目に、葛葉が愕然とした表情を浮かべているのが目に入る。崩れ落ちるように地に膝をついていた。

見えたのは、そこまでだった。

千歳が取り込まれた異界は、葛葉の意識とはまた違っていた。

地面はなくて、空間がマーブル状に歪(ゆが)んでいる。

あちこちで話し声がしているが、それは自分に語り掛けているのではなく、聞こえてきているだけ、という感じだ。

隣の部屋の話し声がなんとなく聞こえている、という感じに似ている。

千歳は、まるで自分が宇宙空間にでも放り出されたような感覚がしていた。

どちらが上なのか下なのか分からないが、とりあえず体勢を立て直そうとする。

「出口は……」

額に力を込めて、出口を探そうとすると、自分の胸の内が、じんわりと熱くなり、頭の中で声が響いた。

――まったく、情けない。一体、何をやっていると言うのか。

ひどく冷静な声に、千歳は顔をしかめる。

「何をって、僕だってがんばって……」

その時、目の前に水干を纏った男性が現われた。髪はすべて烏帽子(えぼし)の中に入っていて、白い顔に細面、切れ長の目をした、あっさりとした顔立ちの青年だ。

彼が誰なのか、すぐに分かった。一見青年に見えるが、実際はかなり歳を取っているこの男性は……。

「安倍晴明……」

そうつぶやくと、彼はそっと口角を上げる。

晴明は、手にしていた扇を開いた。

それが合図のように、急に風景が変わる。

寝殿造の和室が眼下に見える。その建物はジオラマのように天井がなく、千歳は宙に浮かんだ状態で上から屋敷を見下ろしていた。

晴明はというと、その和室にいた。

御簾（みす）を前に座っている。

いよいよですね、と晴明は口を開いた。

『明日（あした）は野宮（ののみや）へ向かわれる日。御所での居心地はどうでしたか？』

千歳は一瞬、自分に問いかけられたのかと思ったが、そうではなかった。

御簾の向こうにいる女性に話しかけている。よく姿が見えないが、少女ではないか、と感じられた。

少女は、おずおずとした様子で答える。

『御所は……何もかもがきらびやかでした。私には分不相応なところです』

彼女の言葉を聞いて、晴明は愉しげに笑う。

『分不相応とは……あなたは内親王ではないですか』

いいえ、と少女は控えめに言う。

『私は山で育った田舎娘ですから』

『野宮は山の中です。退屈だ、早く帰りたい、と不満を言う斎王様が多いのですが、あなたは大丈夫そうですね』

『はい、きっと肌に合うと思います』

御簾の向こうで姿はよく見えないはずなのに、少女がとてもにこやかに微笑んだのが分かった。

その時の晴明の心の内が、千歳に伝わってくる。

ズキズキと胸が痛んでいたのだ。

晴明は、京の町の今後を考えて、とても強い力を必要としていた。

強い力とは、晴明が以前、封印を解いた黒龍の力。黒龍は晴明に恩を感じているものの、人に封じられたことで俗世を嫌い、どこかに隠れてしまっている。

どうしたら良いのかと占ったところ、もう一人の斎王を立てよ、というお告げが降りた。

異例の三人目の斎王。

適役は山に追いやられた先の帝の落とし胤――玉椿だと。

この地を護るためとはいえ、彼女にとっては青天の霹靂だ。

晴明の決断は、理想だけではなく、政治的な思惑ももちろんある。

これまでも、彼女は運命に翻弄されてきた。高貴な生まれにもかかわらず、後宮の争いから彼女たち母子は山に追いやられた。それでも、平和な暮らしだっただろう。

自分はそんな彼女を、再び大人の都合で、こちらに呼び戻した。

また、彼女の運命を翻弄してしまうことになる。

彼女を利用することに迷いはない。

だが、胸がまったく痛まないかといえばそうではない。自分は時の権力者に仕える陰陽師。間接的にだが、政に携わる者。そうした者は迷ってはいけないが、人の心を忘れるのもまた良くないだろう。

　胸の痛みを抱えて生きて行かなければならない。

晴明がそっと胸に手を当てた時、御簾の向こうで玉椿が、ふふっと笑う。

『私は、自分の意志でここにいます。野宮に行き、斎王になることも自分で決めました。誰にも強制されていません。そして私は、祖母と私を救ってくれたあなたに感謝しております。ありがとうございます、晴明様――』

　晴明の胸の痛みを感じ取ったのだろう。

彼女はそう言って柔らかく微笑む。

その心遣いが、さらに胸を痛ませたが、その一方で救われる気持ちもあった。

『こちらこそ、引き受けてくださって、ありがとうございます。玉椿様』

深く頭を下げると、彼女は恐縮した様子を見せた。

そんな彼女を前に、心密(ひそ)かに誓いを立てた。

今後、自分ができうる限り、彼女を護ろうと――。

その時の想いが、千歳の中に蘇(よみがえ)ってきた。

すると二人がいた部屋はまるで風に吹き飛ばされたかのように消えていく。

また、何もない空間となり、目の前に晴明が浮かんでいた。

――私は自らの卜定(ぼくてい)によって、今後も翻弄され続けるであろう彼女を護ろうと誓ったのです。みっともない横恋慕を望んでいたわけではない。

細い目をさらに細めて、彼はそう言う。

面白くなさが募り、千歳は鼻息を荒くしながら言い返した。

「今世のことと、前世は別ものじゃないか。僕がどんな想いを抱こうと、あなたには関係ない」

――ええ、関係ありません。それでいいです。ただ、あまりのふがいなさに、一言もの申したくなっただけです。

「ふがいないって」

――護るべき存在に護られてばかり。今も斎王はあなたのために強い祈りを捧げています。左近衛大将もここに駆け付けて尽力するでしょう。色恋の土俵に立とうというなら、せめて彼女を護れるだけの力を持ってからにしていただけないかと。

容赦のない言葉に、千歳は言葉を詰まらせた。

そうだ。自分は、想い人とライバルであるはずの小春と澪人に助けられてばかり。

それで同じ土俵に立とうとしていたのだから、滑稽な話だ。

ぐっ、と千歳が、下唇を噛む。

――では、あなたは今からどうします？

「えっ？」

――どこか分からない場所に立った時、まずは心を決めるもの。

「それは、もちろん元の場所に……」

帰りたい、と言いかけて千歳は口を噤んだ。

なぜ、自分がここに来ることになったのか。そしてなぜ、こうして先祖であり前身と対峙しているのか。それにはきっと意味があるのだろう。

千歳は拳を握り締めて、顔を上げる。

「せっかくここに入り込んだんだ。葛葉さんが助けたがっている、あの女の子を助けたい。だから、どうか力を貸してほしい、安倍晴明！」

千歳が手を伸ばすと、晴明は口角を上げ、分かりました、と胸に手を当てた。

——では、共に力を合わせましょう。

そう言うと晴明は、千歳の背後に回った。

左手を千歳の肩に乗せ、強く握りしめた右手を伸ばす。晴明の拳が大きく開かれると、何もない空間にぽっかりと穴ができた。まるで窓ができたようだ。

やがて葛葉少年の姿が見えてくる。

葛葉の意識を覗いた時よりも、その光景が鮮明に見える。

『君も早く！』

と、葛葉少年が声を張り上げるも、巫女の姿をした少女は黒い狐面の男たちに羽交い絞めにされていた。苦しそうに顔を歪ませている。

葛葉が言っていた通り、彼よりも少し小さく、そしてとても美しい少女だった。

「なんとかしないと」

問題は男たちではなく、その背後にそびえる巨大な黒蛇だ。

——行きますよ。狙うは、あの忌々しい黒蛇です。手を伸ばして。

千歳は言われた通り、右手を伸ばす。

——まずは深呼吸です。深く吸って吐く。呼吸をしながら額に力を込めて、胸の内で螺旋のエネルギーを生み出すのです。螺旋は、森羅万象の源。内側にそれを作ることで、大いなる力を授かります。

言われた通りにすると、千歳の額と胸、そして右手が燃えるように熱くなっていく。全身が光の渦に包まれていった。

――良さそうですね。そしてあなたが唱えるのです。何を唱えれば良いのか、分かりますか？

うん、と千歳はうなずく。澪人が祓うのを見ていたのだ。

――では、息を吸って、吐き出す時に。

千歳は大きく息を吸い込み、口を開く。

「我が名は、藤原千歳！　朱雀、玄武、白虎、勾陣、南斗、北斗、三台、玉女、青龍、臨む兵、闘う者は、皆陣列を組んで我が前に在り」

そう唱えると、あの時の澪人と同じように鳳凰のような朱の鳥、蛇の尾を持つ亀、白銀の虎、蒼い龍といった神獣や屈強な兵士、美しい女性の姿をした精霊が、次々に現われて整列していく。

「いざ、出陣、あの邪悪な蛇を消し去らん！」

そう叫んだ瞬間、精霊たちが閃光のように黒蛇に向かっていく。蛇は驚き逃げようとしたが、精霊たちの光に貫かれて、地に落ちた。

同時に、黒い狐面の男たちの姿も塵となって消えていく。

もう大丈夫だろう。

千歳が息を吐き出して、振り返るともう晴明の姿はない。

「えっ、あの、僕はどうやって帰ったら……」

戸惑うも、すぐに先ほどの晴明の言葉が頭に浮かぶ。

まずは、心を決めることだ。

「僕は、元の世界に帰る！」

大きな声で宣言をすると、どこからか声が聞こえてきた。

――千歳くん！

「小春さん……？」

――若宮くんが光を放ってくれてるの。どうか、光を見付けて。

「光……？」

若宮の力を感じる方に顔を向けると、小さな光があった。その光はやがて大きくなり、目を開けていられなくなるほどに明るくなっていく。

気が付くと自分は光に包まれていた。

＊＊＊

千歳くん、千歳くん。

誰かが自分の体を揺すり、呼ぶ声がしている。

「賀茂くん、人工呼吸とかした方がいいんじゃないかな」

朔也の声が耳に入るなり、それは嫌だ、という想いが募り、はっ、と目を覚ますと、千歳は草むらの上に横たわっていた。

「千歳くん！」

「目、覚ました。良かったぁ」

澪人と朔也が心配そうにこちらを覗き込んでいた。

その後ろで葛葉が真っ青になって、ガタガタと震えている。

千歳は横たわったまま、そっと葛葉の方に目を向けた。

「葛葉さん……」

葛葉はびくんと体を震わせて、千歳を見た。

「あの女の子は大丈夫だよ」

えっ、と葛葉は戸惑ったように目を見開く。

「助けることができたよ」

葛葉は四つん這いになって、千歳の側に近付き、顔を覗いた。

「千歳くんが彼女を……？」

そう問われて、千歳は弱ったように目をそらす。

「ええと、僕というか……ご先祖様っていうか、まぁ、そういう人が手伝ってくれた。あの大蛇を倒せたんだ。だから、きっと帰れたと思うよ」

そう言って微笑むと、葛葉は千歳の手を取り、ぎゅっと目を瞑った。

「――ありがとう、本当に」

葛葉はくぐもった声で言う。

「本当に……あの子を助けられて良かった。良かった……ありがとう」

葛葉は溢れ出る涙を隠そうとせずに、礼を言い続ける。

ううん、と千歳は首を振る。

「あの子を助けられたのは、葛葉さん、あなたのその強い想いだよ」

その想いが伝わったから、自分は助けたいと思った。

あそこで晴明の力を借りようと思ったのだ。

葛葉は口に手を当てて、うっ、と嗚咽を洩らす。

彼がこれまで、本当に苦しんできたのが伝わってきた。

生きる喜び、楽しさを感じるたびに、あの少女の姿が過り、胸を痛めてきたのだ。

これでようやく、彼は前を向いて歩けるのだろう。

五

下山したところに、本部長が寄越した車が来ていた。

これは葛葉の迎えであり、車内には遠藤がいて、心配そうな面持ちを見せている。

葛葉は乗り込む直前に、ふっと笑って振り返り、千歳、澪人、朔也を見た。

「では、こってり絞られてきます。千歳くん、澪人さん、三善君、本当にありがとうございました」

これでいよいよクビだろうなぁ、と肩をすくめながら葛葉は車に乗り込む。

走り出した車を見送りながら、朔也は腰に手を当てた。

「クビとか言いながら、なんだか嬉しそうだったね」

うん、と千歳がうなずいた。

「葛葉さんはきっと自分を救ってくれた女の子を助けるために陰陽師になったから、それが叶った今は、クビになっても構わないんだろうね……」

「にしても、結局、その巫女の姿をした女の子って、何者だったんだろうな？」

独り言のように言う朔也に、千歳も首を傾げる。

「葛葉さんの話を聞いている時は、もしかしたら、小春さんだったりしてって思ったんだけど、違っていたんだよね」

そりゃないない、と朔也は首を横に振る。

「だって、その当時のコハちゃんなら、いくらなんでも小さすぎだよ。何よりその頃のコハちゃんは、まだ能力が発現してなかったはずだし」

「そうなんだよね……」

そう話す二人の横で、澪人は押し黙ったままだった。

「賀茂くん、複雑そうな顔してるけどどうかした？」

実は……、と澪人は言いにくそうに口を開く。

「その女の子って、僕やねん」

ええっ、と朔也と千歳はのけ反った。

「どういうこと？」

「なんで女装してたの？」

「好きでしてたんやないし。異界のような陰の世界では、男——すなわち陽の存在は格好の餌で、女性よりも狙われやすいんや。大人の男やったら女装しても誤魔化しきれへんけど、子どもは別やねん。僕は女性の髪から作った鬘（かつら）をつけて、巫女（みこ）の姿で葛葉さんを救出に向かったんや」

「どうして、言わなかったの？」

むきになって訊ねる千歳に、澪人は決まり悪そうに頭を掻く。

「どうしてって、そないな恥ずかしいこと、よう言わん。僕の支度を手伝ってくれたみんなには口止めしておいたし」

「いや、でもさぁ。言っていれば葛葉さんだって、こんなことにはならなかったし」

「それはそうなんやけど、僕は、あの巫女が僕やて葛葉さんは気付いたはるんちゃうかって思うてたんや。葛葉さん、僕にいつもめっちゃ良くしてくれてるし、そやから気付いてて、ほんでも僕に気ぃ遣て言わへんだけや思てて」

そう言う澪人に、千歳は顔を引きつらせる。

それはともかく、と朔也は頭の後ろで手を組んだ。

「葛葉さんを助けたのは賀茂くんってことか。小さい頃からすごかったんだね」

いやいや、と澪人は首を横に振る。

「僕は葛葉さんを連れ出すことはできたんやけど、その後、捕えられてしもたんや。もう駄目かて思ったんやけど、いきなり黒蛇が倒れて僕は助かった。きっとみんなの祈禱のおかげやてずっと思てたんやけど……」

そこまで言って、澪人は片膝を立ててしゃがみこみ、千歳をまっすぐに見た。

「千歳くん、あなたのおかげやったんやね。助けてくれてほんまにありがとうございました」

澪人は、千歳に向かって深く頭を下げる。

千歳は何も言えずに、澪人を見ていた。

澪人は立ち上がり、はにかみながら言う。

「これで、三番勝負はついた感じやな。僕の完敗や」

そんな澪人を前に、千歳は腕を組んで、横を向く。

「それはこっちの台詞！」

「えっ？」

「何もかも、僕の惨敗だよ」

澪人には、東京で散々助けられている。それなのに、恩を仇で返すような振舞いをした自分に対して、彼はいつも良くしてくれた。今も迷わず助けに来てくれた。

その上、こんな風に頭を下げ、負けを認めることができる。

小春が澪人に惹かれているのは、人並外れた外見のせいだと決めつけていた。

だが、違うのだ。

彼は優しく強く、そして器の大きな人物なのだ。

「本当に……惨敗だよ」

千歳が悔しそうにつぶやくと、澪人はよく分からないという様子で首を傾げる。

朔也はぷぷっと笑って、千歳の肩に手を置いた。

「まー、俺の相方はスケールが違うから」

「あなたの相方とは思えないんだけどね」

「えっ、ひど」

そんなやりとりをしていると、澪人は「ま、ええわ」と息をつく。

「とりあえず、祇園へ行こか。さっき報告はしたけど、小春ちゃん、あなたを心配してるし」

千歳は目頭が熱くなるのを感じながら、うん、と答える。

とりあえず、この恋心は一旦、保留だ。

晴明の言っていた通り、せめて彼女を護れるようになるまで……。

いつか、澪人の器を超える人間になりたい。

千歳は誓うような気持ちで、二人と共に歩き出した。

六

祇園の『さくら庵』を訪れると、小春が涙を滲ませながら、千歳を出迎えた。

澪人と朔也を労(ねぎら)い、店内に入る。

店には、松原の姿もあった。宗次朗の試作品を届けに来たという。

「ちょうど良かったから、みんなで」

と、吉乃が椀(わん)を出した。

中には懐中しるこが入っていた。最中(もなか)は鈴の形で、それを椀に入れお湯をかけると、最中の中に入っている粉末の餡(あん)がとけてしることとなる。

松原はにこにこ笑って、懐中しるこに目を向けた。

「宗次朗さんの試作品です。『鈴の懐中しるこ』と言います」

皆は、へぇ、と相槌(あいづち)をうちながら最中に湯を注ぎ、箸(はし)で崩して食べ始める。

「あー、なんか疲れが吹っ飛ぶー」

朔也は、懐中しるこを口に運び、ほくほくしながら言った。

「ほんまや、餡の優しい甘さがたまらへん」

澪人は、ふっ、と口角を上げる。

千歳は小さな声で、美味(おい)しい、と洩(も)らす。

そんな千歳の姿を見て、小春は安堵(あんど)の息をついた。

「千歳くん、本当無事で良かったね。でも、一体何があったの？」

えっと、と口ごもる千歳に代わって、朔也が「それがさぁ」と説明を始める。

小春と吉乃と松原は懐中しるこを食べながら、今回のいきさつを聞いていた。

話すのは主に朔也であり、澪人と千歳は相槌をうつばかりだ。

一通りの話を聞き終えた小春は、はー、と息を吐き出す。

「澪人さんが、巫女の格好をして助けに……」

瞬間的に『二人を助けに行きましょう』と言っていた若宮の言葉が過る。

あの時の『二人』とは、もしかしたら……、と小春が思いを巡らせていると、松原が頬を緩ませて言った。

「私も準備を手伝ったので、よく覚えています。巫女の姿になった澪人さんがあまりに美しく、この方は人ではなく、精霊ではないかと息を呑みましたから」

しみじみと言う松原を前に、澪人は何も言わずに肩をすくめる。

小春は、見たかったな、と囁いてから、澪人に向かって訊ねた。

「つまり、葛葉さんの初恋って、澪人さんだったってことですよね？」

澪人は、ごほっとむせる。

「えっ、そらちゃうやろ。ただ、恩を感じてくれてただけやろし」

でも、と小春は続ける。

「葛葉さんは恋をしたことがないって。それは、ずっと澪人さんを想っていたから、他の人が入る余地がなかったとか……」

「もー、賀茂くんは女の子だけじゃなく男までも。初恋泥棒だなぁ」

にやにや笑う朔也に、初恋泥棒て、と澪人は肩をすくめた。

「けど、そうやとしたら、僕はその想いのおかげで助けられたんやな……」

囁くように言った澪人に、小春と千歳は何も言わず、そっとうなずく。

「そうか、それも『かりそめの恋』だったのかもね」

朔也はしみじみと言う。

かりそめの恋？　と皆が小首を傾げていると、朔也が八重歯を見せた。

「和人さんが言ってたんだ。森羅万象は時として『かりそめの想い』で人を動かすことがあるってさ」

そう言って朔也は、和人と交わした会話を話して聞かせた。

皆は、なるほどねぇ、と相槌をうつ。

吉乃も、そうやなぁ、と肩をすくめた。

「そら、私にも覚えがある気ぃするわ」

「やっぱり、そうなんすね」

朔也はそう言った後、椀の中を見て、おっ、と目を輝かせた。

「小さな餅が入ってる」

ほんとだ、と千歳も嬉しそうに言う。

小春も箸で椀を確認し、あれ？　と首を傾げる。

「私のはお餅じゃなくて、毬のようなお麩が……」

お餅はどこ、と探す小春に、松原が笑って答える。

「実は中にフリーズドライの餅やカボチャ、そしてお麩のいずれかが入っているんです。何にあたるのかは、食べてのお楽しみやって」

澪人は、へぇ、と洩らして自分の椀を見た。

「僕のはカボチャが入ってたし。餡と合うてて美味しい」

小春は、ふふっと笑って、椀に目を落とした。

「何が入っているか分からないって、おみくじみたいで面白い」

「ほんまやね」

和気あいあいと話しているなか、食べ終えた朔也が、なんかさぁ、と遠くを見るような目をした。

「この懐中しるこって、葛葉さんみたいだよね」

葛葉さん？　と澪人が、朔也の方を見る。

「外側から見たら、ふんわり優しい人だったけど、中には色々な想いを秘めてたじゃない。胸の内はすごく熱い人だったわけでさ」

なるほど、と澪人は頬を緩ませる。

するとたの吉乃が愉しげに目を細めた。

「その人はもちろん、他の人もみんな、胸の内に何か秘めてるもんや。外側だけでは分からへんさかい、みんなこの懐中しるこやな」

その言葉に、たしかに、と皆は顔を見合わせて笑う。

それは、過去の事件が清算された、平和な午後だった。

エピローグ

その後、葛葉はやはり、組織を辞めることになった。

それは本部長が決定したわけではなく、葛葉が自分から言い出したことだ。

彼が、最後の挨拶(あいさつ)に西の本部を訪れた日。

澪人は自分の書斎に葛葉を招き入れ、そこで、あの時の巫女(みこ)が自分であったことを正直に打ち明けた。

　というのも、これからもそれを隠していたならば、葛葉は今後、あの少女を捜す旅をしかねない、と朔也が言い出し、ＯＧＭのメンバー全員が、それはありえる、と同意したためだ。

　実のところは永遠に隠しておきたかった澪人だが、皆にせっつかれて、仕方なく伝えるに至った。

　真相を聞いた葛葉はというと、応接ソファーに座った状態で、驚いたように動きを止めて、向かい側に座る澪人を見ていた。

少しの間、呆然としていたものの、やがて納得したように大きく首を縦に振った。

「そうだったんだ……あなただったんですね。なんだか、腑に落ちました」

かんにん、と澪人は申し訳なさそうに言う。

「あなたがそない気にしたはるて気付かへんで……」

いえいえ、と葛葉は首を横に振る。

「あらためて、助けてくださってありがとうございました」

「それはこっちの台詞や。千歳くんも言うてたけど、あなたの想いで、僕は助けられたわけやし」

「いや、でも、そもそも、俺を助けに来てくれたのはあなたなわけで……」

「そうなんやけど」

そこまで言って互いに顔を見合わせて、笑い合う。

でも、と葛葉は腰に手を当てた。

「なんだか納得しました。あなたに会った時から、あなたは自分にとって特別な人だと思っていたんですよ。潜在意識下では、助けてくれたのはあなただったと感じていたのかもしれません」

それについては、澪人は何も答えずに、そっと相槌をうつ。

「いやぁ、あなたで良かった。これで心置きなく東京に帰って、許嫁と手を取り合えます。あっ、許嫁は自分にとって愛しい存在なんですよ。ただ、自分を助けてくれた少女のことがずっと気になっていたもので」

そら良かった、と澪人は微笑む。

「ほんなら、葛葉さんは春には東京へ？」

「いえ、その前には帰ってると思います。年が明けると、やることも少なくなってきますし、修了式にはまた来ますけど」

大学院生の忙しさは、個人や学部によりけりだが、葛葉はきっちりと済ませてきたようだ。

「頭は、院へは進まないんですか？」

そう問われて、澪人は、うーん、と唸る。

「どないしよ思うてて。僕は日本史学を専攻してるんやけど、前世の記憶も手伝って、勉強しなくても分かることが多いさかい、なんや、やりがいみたいなもんが感じられへんし」

なるほど、と葛葉は腕を組む。

「それなら、院では『京都民俗学』を専攻してみてはどうでしょう？」

「京都民俗学……」

民俗学とは、地域社会で育まれた風俗や習慣、伝説、民話など脈々と受け継がれてきたものを学び、その研究を以って現代社会につながる課題などを見出していく学問だ。学徳学園の大学院には、京都という土地の特性を生かし、『京都民俗学』という学部が存在する。

「自分は京都民俗学を専攻しているんです。京都の伝承とかを勉強することで、異界に関することが分かるかもしれないと思っていまして」

ああ、と澪人は相槌をうつ。

「そやけど、京都民俗学を専攻しても、日本史学と同じ気持ちになりそうや」

分かっていることが多いため、勉学に夢中になれる気がしない。

すると葛葉は、ふふっと笑う。

「あなたは、学ぶのではなく、教える立場になる人間だと思うんです。陰陽師たちにも、いつも分かりやすく説明してくれる。何も分からない者を前に、決して見下すような態度を取らない。講師向きだと思いますよ」

それに、と葛葉はいたずらっぽく笑って続ける。

「東京に高槻彰良さんというえらくイケメンの准教授がいるんです。彼の講義を受けたことがあるんですが、教え方がとても分かりやすくて、楽しい授業をされる方だったんです。講義を受けながら、タイプは違っているけど澪人さんも向いてそうだなぁ、と思っていたんですよね」

高槻彰良という准教授のことは知っている。テレビにも出演してる有名な人物だ。

「学ぶことを目的にするんやなくて、教えることを……」

今も学問を続けることに情熱を感じているわけではない。だが、葛葉が言う通り、教えるのは苦ではなく、むしろ好きな方だ。

祝詞（のりと）を上げたり、霊を祓（はら）ったりすることくらいしか自分は能がないと思っていたが、過去生から今に至るまで、これまで学んできた自分のすべてのことを多くの人に教え伝えることができるならば、それは魅力的なことかもしれない。

「……おおきに、前向きに検討しようて思います」

会釈をした澪人に、葛葉は顔を明るくさせた。

「あなたが講師になった時は、講義を受けたいです」

気が早いし、と澪人ははにかむ。

「では、自分はそろそろ」

葛葉は腰を上げて、澪人に向かって頭を下げる。

「お世話になりました」

澪人も立ち上がり、深く頭を下げた。

「こちらこそ、おおきにありがとうございました」

最後は握手を交わして、葛葉は書斎を後にした。

＊　＊　＊

「澪人君、ようやく院に進学する気持ちを固めてくれたんだってね。もう、私は嬉しくて嬉しくてたまらないよ」

学徳学園の学長・徳松正人は、OGMの部室に飛び込んでくるなり言う。

部室には、小春、澪人、愛衣、朔也、由里子、和人、千歳が揃っている。

小春と愛衣は談笑していて、由里子はイヤホンをつけて勉強に勤しみ、和人はその様子をにこにこと微笑みながら見守っている。

澪人と千歳は、窓際で碁を打っていた。

えっ、と朔也は驚いて、澪人を見る。

「賀茂くん、院に進むことにしたの?」

そうやね、と澪人はうなずく。

「京都民俗学を学んで、ゆくゆくは教える側になりたいて思ってる」

うそ、と愛衣は口に手を当てた。

「澪人さんがいつか教授に……」

「その学部、パンクするやつでは」

そう続けた朔也に、和人は「間違いないね」と目を光らせ、あほや、と澪人は肩をすくめた。その向かい側で千歳が笑っている。

「小春は知ってたの？」

愛衣に問われて、小春は「うん」と答える。

葛葉から言われた言葉も含めて、澪人がこの先の道を決めたことは聞いていた。

和人も対抗するように、「僕も聞いてたよ。お兄ちゃんだし」と手を挙げる。

その隣に座る由里子はというと、今も勉強に集中している。イヤホンも手伝って、外の音が聞こえていないようだ。

「うわぁ、賀茂くんもついに自分の道を見つけ出したんだ。俺はどうしよう。経済学研究科にでも進もうかな」

ぼやくように言う朔也に、愛衣は、良さそう、と続けた。

「朔也は、商売のこととか向いてそうだね」

途端に朔也はでれでれと鼻の下を伸ばす。

「そうかな、向いてるかな。真剣に考えてみようかな」

その姿を見て、小春は頬を緩ませた。

どうやら朔也は、愛衣に想いを寄せているようだ。

当の愛衣はというと、まったく気付いていない。

見ていて朔也が少し気の毒になる時もあるが、小春はそんな二人に対し、自分は何もするべきではない、と温かい目で見守っていた。

それはそうと、と澪人は学長を見る。

「旧幼稚舎の件、どうなりました？」

「そうそう、あそこ、いつホテルになるんっすか？」

と、朔也が前のめりになる。二人の問いかけに、学長は目をそらした。

「せっかく除霊してくれたのに申し訳ないんだけど、担当者がオーナーに心霊騒動の報告をしたら、『いくら除霊をしたとしてもそんなところを買いたくない』と言ったらしくて、結局断られてしまったんだ」

ええっ、と皆は驚く。その声に由里子はようやく、ハッとしたように顔を上げて、イヤホンを外した。

「それじゃあ、幼稚舎は取り壊すんですか？」

愛衣が訊ねると、学長は首を横に振った。

「捨てる神あれば、拾う神ありだよね。あそこを借りたいと言ってくれる団体が出てきてね」

どんなところですか？　と小春が問うと、学長がにこやかに答える。

「不登校になってしまった子たちを受け入れるフリースクールにしたいと言うんだよ。

それには、安倍公生さんも喜んでくれていてね……」

伯父様が……、と由里子がつぶやいた。

千歳は、うんっ、と前のめりになる。

「それ、すごくいいと思うな。安倍さんの家にいたような、特殊な力があって学校に普通に通うのがつらいって子も多いと思うし」

そうやね、と澪人も微笑んでいる。

小春は話を聞きながら、ドキドキと心臓が音を立てていた。

自分も特殊な力に戸惑い、学校に行けなくなった。

そういう子たちを含めて受け入れるフリースクールができる。

「わ、私、いつか、そこで働きたいです」

思わずそう声を上げた小春に、皆は注目した。

「それって、そこの先生になるってこと？」

「コハちゃん、教員の免許取るの？」

愛衣と朔也に問いかけられ、小春は返答に困って、身を縮ませる。

「えっと、まだそこまでは分からないんだけど……。特殊な力だけじゃなく、人には分からない、打ち明けられないことでつらい想いをしている子どもたちの居場所を作ってあげられるお手伝いをしたいって、今強く感じて。そのために必要なら、免許でも資格でもなんでも取りたいって気持ちになってる……」

話しながら、なぜか分からないけれど、目頭が熱くなってきた。

それはきっと、あの頃、つらかった自分の心が嬉しく思っているのかもしれない。

涙が出そうになって、指先で目頭を押さえると、

「小春……」

澪人が立ち上がり、小春の肩をそっと抱き寄せた。

きゃあああ、と由里子、朔也、和人、そして学長が黄色い声を上げる。

なんで学長まで、と澪人は顔をしかめ、千歳は、やれやれ、という様子だ。

愛衣は、うん、と首を縦に振って、小春を見た。

「すごくいいと思うな。小春の側はとても居心地が好いし、きっと良い場所を作ってあげられるよ」

その言葉が嬉しくて小春はまた泣きそうになりながら、ありがとう、と微笑んだ。

朔也は、ちらりと愛衣の方を向く。

「ちなみに愛衣ちゃんは、考えてることはあるの？」

愛衣は、なんだろう、と腕を組んだ。

「まだはっきりしていないんだけど、私は情報を集めたりするのが好きだから、関西のローカル雑誌を作る人になって、あちこち取材に行ったりとかいいなぁ、って思っ

たことはあって」

　朔也は、そっかぁ、と目を細める。

「愛衣ちゃん、そういうの向いてそう」

　ありがとう、と愛衣は照れたように言う。

「でも、まだ、はっきりこうなりたいとまでは思ってないんだけどね」

「ううん、そういうのが大事だと思うんだ」

　朔也が言うと、そうそう、と和人が同意する。

「後から考えたらかりそめの夢だったなってなっても、今時点で目的地を設定するっていうのも大事だよね」

　ですよね、と朔也は言って、息を吐き出した。

「由里子センパイは獣医師を目指して、和人さんはお医者さん。コハちゃんはフリースクールに携わる人かぁ。あー、そうやってみんな、大人になっていくんだねぇ」

　でも、と由里子が微笑むように目を細める。

「みんながそれぞれの道を進んでも、私たちチーム『OGM』は、この活動を続けていきたいわね。私は今、勉強で活動を休止してるけど、絶対やめたりしたくないし」

　強い口調で言う由里子に、小春と愛衣は「本当ですね」と拳を握り、澪人、朔也、和人、千歳もうなずいた。

皆、それぞれ、自分の道を見付けて進んでいく。

それでも『ＯＧＭ』の仲間たちは、これからも不思議な出来事の解明に走り回り、怪異が起こす騒動に奮闘し、そして最後は、美味(おい)しい和菓子で労(ねぎら)い合うのだろう。

そんな皆の姿をありありと思い浮かべることができる。

小春はそっと澪人の方を見た。

視線が合うなり、澪人はにこりと微笑んだ。

小春は熱くなった胸に手を当てる。

そう、きっと変わらない。

彼を好きだというこの想いも。

あの日抱いた、『お祖母(ばあ)ちゃんのような拝み屋さんになりたい』という夢が、今も色褪(いろあ)せぬままでいるのと同じように——。

あとがき

いつも、ありがとうございます、望月麻衣です。

はじめに、気付いた方もいらっしゃるかもですが、今巻では他作品とひっそりコラボさせていただいております。そう、大人気作品『准教授・高槻彰良の推察』です。

私自身、澤村御影先生の「准教授・高槻彰良〜」シリーズを愛読していました。澪人の進路をどうしようか悩んでいた時に、作品を拝読し、ふと作中の葛葉のようなことを思ったのです。

その想いを書かせていただきたいと思い、澤村先生にお伺いしてみたところ、それは快く承諾してくださいました。

「ぜひぜひ、自由に書いていただいて構いませんから！」と言っていただいたものの、自由に書く勇気はなかったので、チラッとお名前だけの登場になってしまいましたが、とても嬉しかったです。

澤村先生、本当にありがとうございました。

さてさて、「わが家は祇園（まち）の拝み屋さん」シリーズも今作で、十五巻。

本シリーズは今巻で本編完結となります。二〇一六年一月に一巻を刊行し、六年。

長かったような、アッという間だったような六年でした。

今回の完結は、私自身が望んで迎えたものなのですが、書き終わった後は寂しくて寂しくて、とても強い喪失感に襲われてしまいました。

あらためて拝み屋さんメンバーが大好きで、私にとってとても大切だったのだな、と実感しています。

大きな事件だった東京編が終わった後の最後の三作は、まるでご褒美のように、『ただ楽しく』書けました。そしてこの十五巻がシリーズの中で一番楽しんで書けた気がします。

本シリーズ、表の主人公は小春で、裏の主役が澪人でした。

二人の葛藤（かっとう）と成長をここまで描けて、感無量です。

最初は近寄りがたかった澪人ですが、すっかり読者さんからも、「澪人が不憫（ふびん）すぎます」「どうか良い思いをさせてあげて」というお声がたくさん届くまで、慕われるようになっていて、なんだか感慨深いです。今巻ではそんな不憫すぎた澪人に、ちょっとご褒美シーンもあるのですが……足りなかったかもしれませんね。

担当編集さんにも「もう少し皆の様子を知りたいです。ぜひ、その後の番外編を」

と言っていただけました。

そうしたわけで本編は完結しましたが、その後の皆の様子を覗(のぞ)けるような、番外編を書けたらと思っています。これまで応援してくださった方に喜んでいただけるような、楽しいものをお届けできたらと思っております。

どうぞ、よろしくお願いいたします。


あらためまして、拝み屋さんシリーズをここまで読んでくださった皆さま、本当にありがとうございます。このシリーズをここまで書き切ることができたのは、応援してくださっている皆さまのおかげです。

私と著作を取り巻く、すべてのご縁に、心より感謝申し上げます。

本当にありがとうございました。

望月麻衣

わが家は祇園（まち）の拝み屋さん

この作品から、
たくさんの発見とおどろき、
ときめきを いただきました。
長い間、「揉み屋さん」の表紙を
飾らせて頂いて ありがとうございました！
友風子

イラスト／友風子

参考文献

『神道大祓―龍神祝詞入り―』（中村風祥堂）
『神道と日本人　魂とこころの源を探して』山村明義（新潮社　二〇一一年）
『本当はすごい神道』山村明義（宝島社新書　二〇一三年）
『京の風水めぐり　新撰　京の魅力』目崎茂和／文　加藤醸嗣／写真（淡交社　二〇〇二年）
『本当は怖い京都の話』倉松知さと（彩図社　二〇一五年）
『平安京は正三角形でできていた！　京都の風水地理学』円満字洋介（じっぴコンパクト新書　二〇一七年）
『古地図で歩く　古都・京都』天野太郎／監修（三栄書房　二〇一六年）
『別冊宝島２４６３　京都魔界図絵　歴史の闇に封じられた「魔界」の秘密を探る』小松和彦／監修（宝島社　二〇一六年）
『運命を導く東京星図』松村潔（ダイヤモンド社　二〇〇三年）
『増補改訂版　最新占星術入門（エルブックスシリーズ）』松村潔（学習研究社　二〇〇三年）
『いちばんやさしい西洋占星術入門』ルネ・ヴァン・ダール研究所（ナツメ社　二〇一八年）
『図説　日本呪術全書』豊島泰国（原書房　一九九八年）
『増補　陰陽道の神々（佛教大学鷹陵文化叢書）』斎藤英喜（佛教大学生涯学習機構　二〇一二年）

本書は書き下ろしです。

わが家は祇園の拝み屋さん15
それぞれの未来と変わらぬ想い

望月麻衣

令和4年 2月25日 初版発行
令和6年 11月25日 3版発行

発行者●山下直久

発行●株式会社KADOKAWA
〒102-8177 東京都千代田区富士見2-13-3
電話 0570-002-301(ナビダイヤル)

角川文庫 23054

印刷所●株式会社KADOKAWA
製本所●株式会社KADOKAWA

表紙画●和田三造

ISBN 978-4-04-112196-2 C0193

◆◇◇

角川文庫発刊に際して

角川源義

第二次世界大戦の敗北は、軍事力の敗北であった以上に、私たちの若い文化力の敗退であった。私たちの文化が戦争に対して如何に無力であり、単なるあだ花に過ぎなかったかを、私たちは身を以て体験し痛感した。西洋近代文化の摂取にとって、明治以後八十年の歳月は決して短かすぎたとは言えない。にもかかわらず、近代文化の伝統を確立し、自由な批判と柔軟な良識に富む文化層として自らを形成することに私たちは失敗して来た。そしてこれは、各層への文化の普及滲透を任務とする出版人の責任でもあった。

一九四五年以来、私たちは再び振出しに戻り、第一歩から踏み出すことを余儀なくされた。これは大きな不幸ではあるが、反面、これまでの混沌・未熟・歪曲の中にあった我が国の文化に秩序と確たる基礎を齎らすためには絶好の機会でもある。角川書店は、このような祖国の文化的危機にあたり、微力をも顧みず再建の礎石たるべき抱負と決意とをもって出発したが、ここに創立以来の念願を果すべく角川文庫を発刊する。これまで刊行されたあらゆる全集叢書文庫類の長所と短所とを検討し、古今東西の不朽の典籍を、良心的編集のもとに、廉価に、そして書架にふさわしい美本として、多くのひとびとに提供しようとする。しかし私たちは徒らに百科全書的な知識のジレッタントを作ることを目的とせず、あくまで祖国の文化に秩序と再建への道を示し、この文庫を角川書店の栄ある事業として、今後永久に継続発展せしめ、学芸と教養との殿堂として大成せんことを期したい。多くの読書子の愛情ある忠言と支持とによって、この希望と抱負とを完遂せしめられんことを願う。

一九四九年五月三日